L'AMANT. LIBERAL
TRAGICOMEDIE
Par. Monsieur. de
SCVDERY.
Auec Priuilege du Roy

AF561313

L'AMANT LIBERAL
TRAGI-COMEDIE,

PAR

MONSIEVR DE SCVDERY.

A PARIS,

Chez AVGVSTIN COVRBE', Libraire & Imprimeur de Monſeigneur Frere du Roy, au Palais, en la petite ſalle à la Palme.

M. DC. XXXVIII.

AVEC PRIVILEGE DV ROY.

A LA REINE.

ADAME,

Ie n'aurois iamais eu l'audace d'ofrir ce Poëme à V. M. ſi ie n'auois apris qu'il a eu l'honneur de luy plaire, toutes les fois qu'on l'a repreſenté deuant Elle : Il eſt bien vray qu'en cela, ma ioye n'eſt pas ſans quelque crainte, par ce que ie n'ignore point auſſi, que ſa bonté luy faiƈt ſouuent aprouuer en apparence, ce que ſon iugement condamne en effeƈt. Mais enfin MADAME, ſoit que i'eſprouue en cette aduenture, ou voſtre iuſtice ou voſtre clemence, ie les tiens eſgalement glorieuſes : & pourueu que V. M. connoiſſe mon zele comme mon Ouurage, i'eſpere que la perfeƈtion de l'vn, luy faira ſupporter les deffauts de l'autre. Ie dis les deffauts (MADAME) pour les vers qui partent de moy, car pour le ſuiet, V. M. ſçait bien, que Ceruantes n'en a pas fait de mauuais. Cét Autheur eſtoit veritablement, vn des plus beaux eſprits de toute l'Eſpagne; & ſi ceux de ſa Nation diſent ES DE LOPE, quand ils veulent donner la plus haute loüange à quelque ouurage de Poëſie, ie penſe que pour la Proſe, ils peuuent dire ES DE CERVANTES, auec autant de raiſon. C'eſt donc mon AMANT LIBERAL (MADAME) qui ſe iette aux pieds de V. M.

V. M. pour luy demander sa protection: iepreuoy qu'il en aura besoin; & que tout François qu'il est maintenant, il se trouuera des gents, qui l'attaqueront en ennemy. mais MADAME, empeschez s'il vous plaist, que leur fureur ne mette en pieces, ce pauure Sicilien; & faites qu'on le traitte au moins en prisonnier de guerre, puis qu'il est trop LIBERAL, pour ne payer pas bien sa rançon. Il s'en aquitera (MADAME) en publiant par tout le monde, que les Couronnes que vous portez, ne sont pas vos plus beaux ornemens: Il dira que ces grands Monarques dont vous estes digne Femme, & digne Sœur, n'ont pas tant de Subiets, que vous auez de Vertus: & que soit pour les beautez de l'ame, ou pour les graces du corps, nostre siecle n'a rien qui vous esgalle. En effect MADAME, comme en la Musique, l'harmonie se compose de parties absolument differentes, la douceur & la Maiesté, font vn si diuin meslange sur vostre visage, qu'il n'est point d'ame qui n'en soit rauie. L'Histoire nous parle comme d'vn miracle, de cette illuſtre & vaillante Fille, qui connut d'abord le Roy Charles Septieſme, caché dans la foule de ſes Courtiſans, & ſans aucune marque de Royauté, bien qu'elle ne l'euſt iamais veu; mais il n'eſt pas beſoin d'vne reuelation pour vous connoiſtre: vous paroiſſes par tout ce que vous eſtes; la ſplendeur & la Maieſté vous ſont naturelles; vous n'empruntez rien du Dais, ny du Throſne; & quelque peu d'eſclat qui paruſt en vos habits comme en voſtre ſuitte, vn eſtranger ne demanderoit iamais, OV EST LA REINE? auſſi tous les peuples ſur qui vous regnez, ne deſiroient plus rien en vous, que la qualité de Mere: vos vœux (MADAME) eſtoient les noſtres; & le Ciel les a veus ſi iuſtes, qu'il n'a pû les reffuſer. Ce ſera ce Dauphin que nous attendons, qui calmera les tempeſtes, bien plus veritablement que l'Alcion: & qui reſtablira par toute la terre, la paix & la tranquilité. La France beniſſoit autrefois la Caſtille, pour luy auoir donné Blanche,

Mere de noſtre Sainct Louis, & bien toſt nos haines eſtants appaiſées, elle luy rendra grace de nous auoir donné l'incomparable ANNE, Femme de l'inuincible LOVIS LE IVSTE.

Et ſi l'Art d'Apollon n'eſt faux,
A preuoir les choſes futures,
Mere d'vn Prince encor, dont les fameux trauaux,
Et les illuſtres aduentures,
Eſleueront la gloire, au ſuperbe ſommet,
Ou la vertu la met.

C'eſt ce que predit, & ce que deſire,

MADAME,

De Voſtre Maieſté.

Le tres-humble, tres obeïſſant & tres-fidelle ſeruiteur & ſujet,
DE SCVDERY.

LES ACTEVRS.

LEANDRE, Gentilhomme Sicilien Esclaue,

RODOLPHE, Gentilhomme Sicilien Esclaue,

LEONISE, Fille de Rodolphe Esclaue,

PAMPHILE, Gentilhomme Sicilien Esclaue,

HALI BACHA, Gouuerneur de Nicosie,

HAZAN BACHA, son successeur à sa charge,

IBRAHIM, Cadi de Nicosie,

HALIME, sa femme,

ISAC, Marchand Iuif,

MAHAMVT, Renegat Sicilien & domestique d'Ibrahim,

MVSTAPHA, Sangiac confident de Hali,

SARRAIDE, SVLMANIRE, } Confidentes de Halime,

LELIE, Esclaue,

TROVPES de Ianissaires de la Garnison vieille & nouuelle.

La SCENE est en l'Isle de Chipre.

L'AMANT LIBERAL TRAGI-COMEDIE.

ACTE PREMIER.

ISAC, LEONISE, RODOLPHE, PAMPHILE, LEANDRE, MAHAMVT.

SCENE PREMIERE.

ISAC, LEONISE,

ISAC.

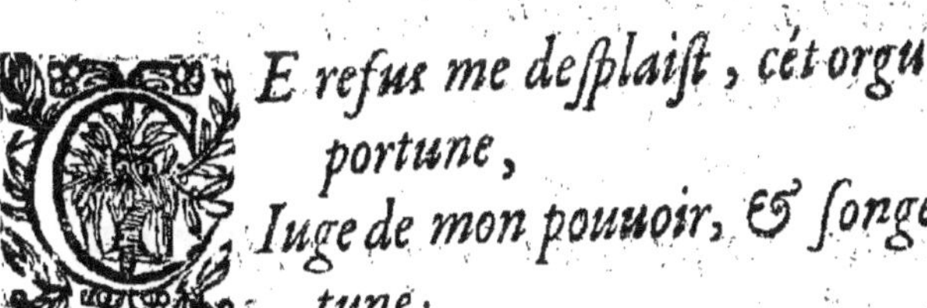

CE refus me desplaist, cét orgueil m'importune,
Iuge de mon pouuoir, & songe à ta fortune;
Vois les maux ou tu cours, & les plaisirs offerts;
Quite cette arrogance, & regarde tes fers:

Et te souuiens encor que ton mespris me braue,
Que ie suis tousiours Maistre & toy tousiours esclaue,
Que lors que ie commande, il te faut obeir,
Et que celuy qui t'aime, enfin te peut hair.

LEONISE.

On me verra mourir, auant que i'obeisse,
Car ie suis vostre esclaue, & non celle du vice:
Mon cœur dans les malheurs n'estant point abatu,
Fait au milieu des fers, triompher la vertu;
Et quelques grands assauts que le destin me liure,
Ie me ris de sa force, estant lasse de viure,
Et regardant la mort, comme vn souuerain bien,
Voyez ce cœur sans crainte, & n'esperez plus rien.

ISAC.

Ingrate souuiens toy que dans Pantamalée,
J'ay vaincu ta disgrace, & ie t'ay consolée;
Et qu'apres ce naufrage ou tu vis ton cercueil,
L'impitoyable faim te l'eust fait d'vn escueil,
Si mon cœur attendri par de si belles larmes,
N'eust soumis sa constance, au pouuoir de tes charmes,
Et nourri dans mon sein, vn dangereux serpent,
Qui pique, & qui meurtrit, vn cœur qui s'en repent.

LEONIS.

Celuy qui se repent apres vn bon office,
Efface entierement la grace du seruice;
Celuy qui le reproche, estant peu genereux,
Absout d'ingratitude, vn pauure mal-heureux:
Et celuy qui ne sert qu'à cause de soy mesme,
Montre qu'il n'aime point, ou seulement qu'il s'aime
Seruant par interest, il n'oblige que soy;
Et ie mets en ce rang, le bien que ie reçoy:
Cette robe à de l'or, vous me l'auez donnée:
Mais helas la victime est ainsi couronnée;
Quand on veut l'esgorger, on la pare de fleurs;
Et ce funeste habit m'a bien cousté des pleurs:
Mais regardez vn peu vostre race & la mienne,
Et Iuif, ayez horreur d'aimer vne Chrestienne.

ISAC.

La Loy de la Nature, efface toutes loix:
Ie te le dis encor pour la derniere fois;
I'ayme, & veux estre aymé:

LEONISE.

Vous voulez l'impossible.

ISAC.

Soyons, soyons cruels, comme elle est insensible,
Changeons, changeons l'amour, en vn iuste couroux,
Et du moins la vendant, monstrons qu'elle est à nous;
Ostons nous de la chaine, & resserrons la sienne;
Elle veut son mal-heur, faisons qu'elle l'obtienne;
Et si mes feux discrets, esteignent ses desirs,
Qu'elle serue au Serrail, à d'infames plaisirs;
Que de mille beautez, elle soit la derniere;
Et de libre qu'elle est, deuenant prisonniere,
Qu'vn Eunuque importun, la suiue en toutes pars,
Comptant d'vn œil jaloux, ses pas, & ses regards:
Marche Monstre orgueilleux.

LEONISE.

Ha fais souuerain Estre,
Que ie change de sort, außi bien que de maistre;
Et qu'estant sans franchise, ainsi que sans bon-heur,
I'obtienne de ta grace, vn trespas plein d'honneur.

ISAC.

Que pour vn cœur ingrat, les biens ont peu d'amorce!

LEONISE.

Ie meprise tes biens, & me ris de ta force.

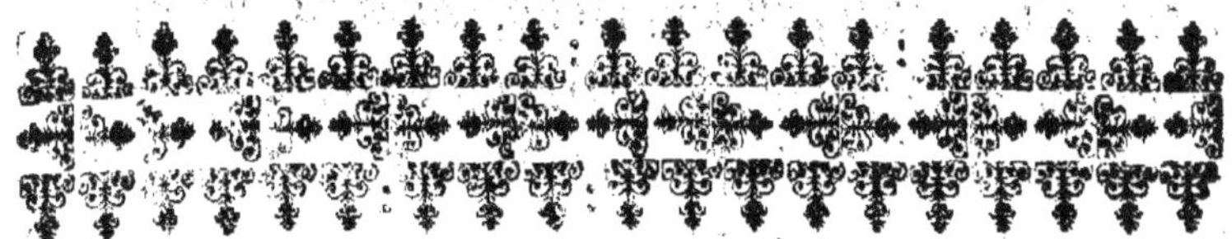

SCENE II.

RODOLPHE, PAMPHILE,

RODOLPHE.

POurquoy regrettez vous cét obiet malheureux?
On ne peut estre auare, estant bien amoureux:
Qui se donne soy mesme, a la personne aimée,
N'estime plus ses biens, qu'vne ombre, vne fumée:
Ceux que l'amour esleue en cet illustre rang,
Loing d'espargner de l'or, donneroient tout leur sang;
Et remplis de l'ardeur d'vne si belle flame,
Pour sauuer leur Mestresse, ils voudroient perdre l'ame:
Mais vous auez paru dans vn si grand danger,
Et fort mauuais Amant, & fort bon mesnager:
L'interest a vaincu, contre la foy promise:
Ha fille infortunée! ô pauure Leonise
Qui croyois qu'on t'aimast, vois de quelle façon!
On t'enleue à ses yeux, à faute de rançon;

Lors qu'il te peut sauuer, il consent à ta perte;
Il te void d'vn œil sec, emporter à Biserte;
Et prodige, plustost que de te secourir,
Il me perd, il te perd, & se laisse perir,
Luy qui tousiours aimé de l'aueugle fortune,
Pouuoit payer alors, cent rançons, au lieu d'vne.
Infame pauureté qui m'as tousiours suiuy,
Par toy, comme par luy, mon bien me fut raui;
Et ie ne pus donner en ce mal-heur extreme,
Que des vœux impuissants, pour sauuer ce que i'ai-
me.
Leandre genereux, vois en mon cœur changé,
Et ma rigueur punie, & ton amour vangé;
Tu vis par les effets d'vne erreur mutuelle,
Et le pere inhumain, & la fille cruelle,
Et tu vois maintenant d'vn mal non attendu,
Et la fille perduë, & le pere perdu,
Mais cét Astre malin, qui fit nostre infortune,
Iniuste qu'il estoit, te la rendit commune,
Et le sort par vn coup que mon ame ressent,
Confondit le coupable, auecques l'innocent:
Ta franchise est perduë, aussi bien que la nostre;
Et l'on te void souffrir, pour le crime d'vn autre.
Leandre, en quelque part que tu sois aiourd'huy;
Souffre ton infortune, & reçoy mon ennuy:
Ma fille, en quelque lieu que le sort te retienne,
Adoucis ta tristesse, il suffit de la mienne;

Et perds le souuenir, d'vn Amant peu zellé,
Qui pouuoit me sauuer, vn bien qu'on m'a vollé;
Efface de ton cœur, son nom, & son image,
Que l'Amour n'y graua que pour nostre dommage,
On ne t'en ressouuiens, que pour mieux detester,
L'ingrat, qui s'est perdu, pour ne te racheter....

PAMPHILE.

Mon Pere.....

RODOLPHE.

Ha triste nom, & qui me desespere!
C'est par vous seulement, que ie ne suis plus Pere.

PAMPHILE.

Escoutez mes raisons,

RODOLPHE.

On n'en sçauroit auoir,
Apres qu'on a choqué l'amour & le deuoir.

PAMPHILE.

Si vous vouliez m'entendre.

RODOLPHE.

Ha Pamphile, vne excuse
Monstre bien moins d'amour, qu'elle ne fait de ruse:
Mais quoy que vostre esprit s'estime assez rusé,
Le mien dans sa douleur, n'en peut estre abusé:
Ie voy ma fille esclaue, & la foy mesprisée;
Ma perte est trop sensible, & vous l'auez causée.

PAMPHILE.

Mais vn homme sans bien....

RODOLPHE.

N'est iamais sans bon-heur,
Alors qu'il l'a perdu, pour sauuer son honneur:
Quelque incommodité que le corps en ressente,
Vne ame est en repos quand elle est innocente.

PAMPHILE.

L'amour fit vn peché, que ie connois trop tard:

RODOLPHE.

Le vice est tousiours laid, en despit de son fard.

PAMPHILE.

Ie taschois de sauuer mon bien, pour ma Mestresse,

RO-

RODOLPHE.

Ha ne te cache plus ame ingrate & traiſtreſſe,
Je voy ton auarice, auſsi grande qu'elle eſt;
Et tu n'as regardé, que ton propre intereſt:
Sois comme ſans vertus, au moins ſans inſolence;
Et cache ton peché, ſous vn diſcret ſilence:
Retirons nous dicy, quelqu'vn vient ſur nos pas;
Ne parle plus d'amour, tu ne le connois pas.

PAMPHILE.

Fais grand Dieu ſi i'ay tort que Pamphile periſſe:

RODOLPHE.

Tu n'as point d'autre Dieu, que ta ſeulle auarice.

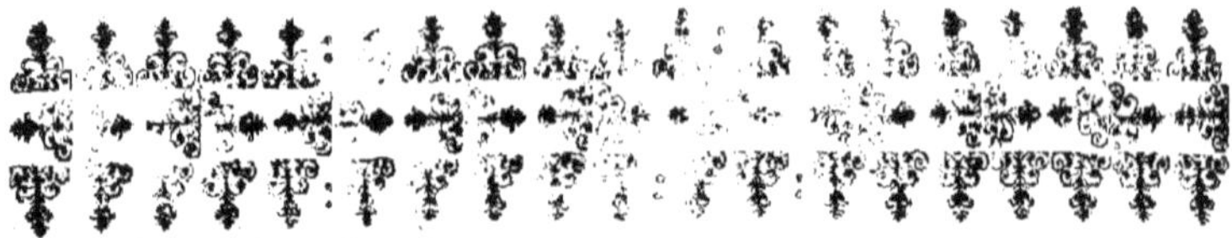

SCENE III.

LEANDRE.

STANCES.

TRistes obiets de mes regards,
Superbes Tours fermes Ramparts:
Que vient d'abatre la fortune:
En l'estat qu'elle vous fait voir,
Vous pouuez conseruer l'espoir,
Puis qu'elle n'est pas tousiours vne;
Mais dans le mal qui m'importune,
Ie n'en sçaurois iamais auoir.

L'Astre qui cause mes mal'heurs,
Me fit naistre pour les douleurs,
Ie n'eus point d'autre destinée:
Il faut que ce mal ait son cours;
Il faut que ie souffre tousiours;
Sa rigueur est tant obstinée,
Qu'elle ne peut estre bornée,
Que par le dernier de mes iours.

Tout me trauerse esgalement:
Sur l'vn, & sur l'autre Element,
I'esprouue son humeur sauuage:
Le plus beau iour m'est vne nuit;
L'impitoyable me poursuit,
Sur les flots & sur le riuage,
Et la franchise & l'esclauage,
Tout m'est funeste, & tout me nuit.

A terre, ie suis mal traité:
Et la mer en sa cruauté,
M'est bien encore plus barbare:
Leonise me reffusoit,
Leonise me mesprisoit,
Pour idolastrer vn auare;
Mais deuant vn obiet si rare,
Ma perte mesme me plaisoit.

Maintenant cét Astre n'est plus:
Pleurs impuissans & superflus,
Que cause sa mort & ma vie;
I'attends la parque sans effroy;
Augmentez vous & noyez moy,
Contentez cette iuste enuie;
Ie la deburois auoir suiuie,
Et mes iours font tort à ma foy.

Ie crois voir ſon taint qui paſlit:
Qu'Hymen ne la t'il miſe au lit,
Pluſtoſt qu'en la mortelle barque:
En faueur d'vn obiet ſi doux,
Ouy, faiſons des vœux contre nous,
Amour veut cette illuſtre marque;
Elle eſt dans les bras de la parque,
Fuſt elle dans ceux d'vn eſpoux.

Mais helas, vains deſirs de mon ame eſperduë,
Cette aimable beauté ne peut m'eſtre renduë,
La mort ne voit nos pleurs que d'vn œil de meſpris,
Et l'auare qu'elle eſt, retient ce qu'elle à pris:
De tant d'obiets diuins, que cette inexorable,
Moiſſonne d'vne faux ſi tranchante & durable,
En peut-on marquer vn, qui faſſe le retour,
De la nuit tenebreuſe, à la clarté du iour?
Cette merueille helas, n'eſt iamais aduenüe;
La route qui remonte, eſt encor inconnüe;
Et dans ce grand chemin qui conduit au treſpas,
On ne voit deuers nous, les traces d'aucuns pas;
Tout deſcend en ces lieux, ou les ombres demeurent;
Et l'on ne voit iamais, ces Merueilles qui meurent:
De ſorte que mon ame eſt reduite à ce point,
Qu'elle adore vn obiet qui fut & qui n'eſt point.
Leoniſe n'eſt plus! ô la triſte aduanture!
Miracle de nos iours, chef-d'œuure de Nature,

Toy qui sentis les coups de la rigueur du sort,
Regne, & vis en mon cœur, en despit de la mort:
Mais non, fasse le Ciel vn acte de iustice,
Et ce cœur n'estant plus, que ton regne finisse.

SCENE IV.

MAHAMVT, LEANDRE.

MAHAMVT.

Comme ie voy tes pleurs, montre moy leur sujet;
As tu le cœur touché par vn si triste objet?
L'image de ces Tours, peinte en ta fãtaisie.
Te fait elle pleurer la pauure Nicosie?
Cette belle Cité d'vn Estat si puissant,
Qui se voit accablé sous l'orgueil du croissant;
Cette Isle, ou les Amours auoient eu leur Empire,
Est-ce Chipre en vn mot, pour qui ton cœur soupire?

LEANDRE.

Helas cher Mahamut, quand ie verse des pleurs,

I'en trouue assez la cause en mes propres malheurs;
Et comme ie connois mon infortune extreme,
Auec iuste raison ie ne pleinds que moy-mesme:
Car en considerant mon destin rigoureux,
Les plus infortunez se trouueront heureux:
Et prés de la douleur qui regne en ma memoire,
L'estat mesme d'enfer est vn estat de gloire.

MAHAMVT.

Vn grand cœur doit tousiours d'vn genereux effort,
Opposer la raison, aux malices du sort:
Et puis, cette disgrace à tant d'autres commune,
N'est pas le plus grand coup, que donne la fortune:
Tu perds ta liberté, mais tu la peux auoir,
Et comme ta rançon elle est en ton pouuoir.

LEANDRE.

La franchise est vn bien, dont ie n'ay point d'enuie,
Et voudrois auec elle auoir perdu la vie.

MAHAMVT.

On peut trouuer le calme, au milieu du danger:

LEANDRE.

Il est vray qu'icy bas, tout change, ou peut changer:
Tel languit sous des fers, qui dans trois iours peut-estre,

Les porte de ses mains à celles de son Maistre:
Tel paroist triomphant, qui s'estoit veu dompter;
On peut tomber d'vn throsne, & puis y remonter;
Je sçay qu'insolamment la fortune se ioüe,
Et qu'vn bransle eternel, doit agiter sa roüe;
Mais alors que la parque, est iointe à son courroux,
Que l'vne & l'autre helas, frappent d'estrãges coups!
Contre vn deuil si pressant, malgré la resistance,
Il n'est point de remede, il n'est point de constance,
Et pour guerir d'vn mal, qu'on ne sçauroit guerir,
Il faut suiure au tombeau, celle qu'on voit mourir.

MAHAMVT.

A ces mots, ie connoy la douleur qui te presse:
Les pleurs sont genereux, que cause vne Mestresse;
Et quand vn bien si cher enfin nous est osté,
Je tiens que la constance est vne lascheté.
Pleure donc cher Amy, ta pleinte est legitime;
Vne vertu farouche est capable de crime;
Ouy, tu doibs soupirer, & i'y doibs consentir;
Ton mal est trop aigu, pour ne le pas sentir:
Mais au nom du pays, qui nous a donné l'estre,
Monstre moy ton amour, dis moy qui le fit naistre;
Compte moy tes malheurs, peinds moy ton amitié;
Et vois desia mon cœur sensible à la pitié.

LEANDRE.

L'excessiue douleur, pouuant oster la vie,
A dessein de mourir, ie suiuray ton enuie:
Et fasse le destin, qu'vn si triste discours,
Soit tranché par la mort qui tranchera mes iours.
As tu veu cher Amy dans le Bourg de Trapane,
Ceste chaste Venus, ceste belle Diane,
Leonise en vn mot, l'obiet le plus charmant,
Qui iamais ait regné, sur l'esprit d'vn Amant?

MAHAMVT.

La fille de Rodolphe?

LEANDRE.

Iniuste Ciel, c'est elle,
Qu'auec trop de rigueur, tu fis naistre mortelle;
C'est elle que ie pleure, & que ie doibs pleurer,
Et pour qui mes regrets, ne sçauroient trop durer.
Cette aimable beauté qui regne dans mon ame,
Y graua son portrait, auec vn trait de flame,
Et de telle façon elle sceut le tracer,
Que rien que le trespas ne sçauroit l'effacer.
Ie la vy ie l'aimé, l'effect suiuit la cause;
Car la voir, & l'aimer, estoit la mesme chose:
Et ie vy naistre en moy, la peine, & les plaisirs,
L'esperance, l'amour, la crainte, & les desirs;

Mais

Mais espoir, & plaisirs, en cette connoissance,
Vostre mort de bien prés, suiuit vostre naissance;
Vous fustes de ces fleurs, qui ne durent qu'vn iour,
Et ie n'eus plus au cœur, que la crainte, & l'amour.

MAHAMVT.

Quoy, fut elle insensible, autant qu'elle fut belle?

LEANDRE.

Elle fut à la fois, pitoyable, & cruelle;
Elle eut beaucoup d'amour, & beaucoup de mespris;
Et i'attaquois vn fort, qu'vn autre auoit surpris:
De sorte, que son ame en estant trop atteinte,
La mienne ne poussa qu'vne inutile pleinte:
Pamphile estoit le nom, de cét heureux Amant;
Et comme il estoit riche, il fut trouué charmant:
Il rencontra l'amour, & ie trouué la haine;
Ie combatis sans vaincre, il la vainquit sans peine;
Pamphile estoit suiuy, Leandre abandonné;
I'estois chargé de fers, il estoit couronné;
Et d'vn iniuste choix, cette ieune Carite,
Prefera dans son cœur, la richesse, au merite

MAHAMVT.

Quoy, tu pouuois l'aimer apres.....

LEANDRE.

Hé iustes Cieux,
Pouuois-ie la haïr, puis que i'auois des yeux?
Vn iour que ces Amants les plus heureux du monde,
Accompagnez, du pere, estoient au bord de l'onde,
Et que dans la saison ou tout paroist si beau,
Ils voyoient vn iardin sur la terre & dans l'eau;
Lassé de tant aimer, sans espoir de salaire,
Ie me laisse conduire au gre de la colere,
Et perdant le respect, en cette occasion,
Je le couuris de honte, & de confusion.

MAHAMVT.

Qui?

LEANDRE.

Ce ieune Adonis, de qui l'ame occupée,
Ne se ressouuint point qu'il auoit vne espee;
Et qui souffrit alors, la rougeur sur le front,
Les marques du despit, & celles d'vn affront.
Comme i'estois rempli d'vne fureur si grande,
De trois Nauires Turcs, vne troupe brigande,
Accourut au riuage, & malgre mon effort,
Vn esquif a l'instant, nous mena dans leur bord.

Les trois chefs assemblez, font voir à l'heure mesme,
Le moyen de sortir de ce peril extréme,
Et pour nous redonner à tous la liberté,
De vingt mille ducats, le prix fut arresté.
Rodolphe, à qui le sort ne donna de richesse,
Que celle des beautez de ma chere Mestresse,
Par vn morne silence, à l'instant nous fit voir,
Et son deuil excessif, & son peu de pouuoir.
Pamphile trop auare, encor que la fortune,
L'eust comblé de thresors, par les mains de Neptune,
D'vn esprit mercenaire, & d'vn courage bas,
N'offrit iamais pour tous, que deux mille ducats:
Et quelques raretez qu'il vist en Leonise,
L'ingrat, la voulut perdre, auecques sa franchise
Il supporta l'esclat, de ses beaux yeux en pleurs,
Qui sembloient demander la fin de leurs malheurs,
Il n'en fut point touché, l'insensible, l'infame,
Et le propre interest, la chassa de son ame.

MAHAMVT.

Il doibt estre effacé du nombre des Amants.

LEANDRE.

Moy qui portois au cœur, de plus beaux sentimens,
Pour sauuer cet obiet, dont la mienne est rauie,

J'offris auec l'argent, ma franchise, & ma vie,
Et sans rien esperer de mon sort rigoureux,
Ie voulus tout donner pour rendre vn autre heureux.

MAHAMVT.

O merueilleux effet, d'vne amitié sans feinte!

LEANDRE.

Des-ja l'espoir en nous, succedoit à la crainte;
Et pour nostre rançon, nous aprochions du port,
Quand nous vismes encor, l'inconstance du sort:
Las, est-il des douleurs, comparables aux miennes!
On descouurit en mer, douze voiles Chrestiennes,
Et les Turcs qui craignoient quelque mauuais destin,
Partagerent entre eux, mon cœur, & leur butin:
Si bien, qu'en s'esloignant des costes de Sicile,
L'vn prist en son partage, & Rodolphe, & Pamphile,
L'autre prist Leonise, & le tiers me reçeut,
Abusé de l'espoir, que son ame conçeut.
Iuge cher Mahamut, quelle fut lors ma peine,
Me voyant separer de ma belle inhumaine,
Le mal que ie sentis, ne se peut exprimer,
Et pour le conçeuoir, crois qu'il faut bien aimer.
Mon ame vint aux yeux, tesmoigner sa tristesse,
Ie vis quelque pitié, dans ceux de ma Mestresse,
Et son regard me dit, à faute de la voix,

Que son cœur aprouuoit, le dessain que i'auois:
A ce bizarre effect, que le destin m'enuoye,
Ie ne le cele point, ie sentis de la ioye;
Les contraires ensemble, alors estant d'accord,
Ie souhaité de viure, & desiré la mort.
A peine ces voleurs eurent fait leur partage,
Que l'air nous menaça de quelque grand orage;
Il deuint tout obscur, & la mer qui s'enfla,
Suiuit les mouuements d'vn grand vent qui souffla.
Lors la route que prend le Nauire qui flotte,
Ne despend plus des mains, ny de l'art du Pilote;
La Nef, au gre du vent, vogue de tous costez;
La mort paroist par tout, ou nous sommes iettez:
On cherche en vain au Ciel le secours des Estoiles;
Le vent emporte & rompt, Mats, Cordages, &
Voiles;
Et heurte le vaisseau, d'vne telle fureur,
Que tout blanchist d'escume, ou paslit de terreur:
Nous voyons dessus nous, des montagnes liquides;
Nous volons à l'instant sur leurs sommets humides;
Et puis nostre vaisseau retombe enueloppé,
De la vague & du vent qui tous deux l'ont frappé:
Vn deluge de pluye, encor nous fait la guerre,
Le bruit des flots se mesle, à celuy du tonnerre;
Et le feu des esclairs, nous monstre dessus l'eau,
L'espouuentable obiet d'vn horrible tableau:

Les plus fiers Matelots, en sont touchez eux mesmes;
Et leur crainte paroist, sur leurs visages blesmes;
Leurs mains ne font plus rien, leurs yeux versent des pleurs,
Et par des cris aigus, leur voix pleind leurs malheurs.

MAHAMVT.

Ie conçois aisement quelle fut cette crainte,
Puis que du seul portraict, ie sents mon ame atteinte.

LEANDRE.

Moy qui dans ce peril estois seul sans effroy,
Ie fis des vœux au Ciel, qui n'estoient pas pour moy:
Et ie suiuois de l'œil, la Nef infortunée,
Qui portoit Leonise, auec ma destinée,
Ie la vy mille fois, esleuer iusqu'aux Cieux,
Et mille fois mon cœur la suiuit par les yeux.
Ie la vy mille fois, dans la mer enfoncée,
Et mille fois mon ame y porta sa pensee:
Ce fut dans ce vaisseau, que i'eus peur de perir,
Ainsi que dans luy seul, ie creus pouuoir mourir:
Cét amour qui nous change, en l'obiet que l'on ayme,
Me fit craindre pour elle, & non pas pour moy mesme,

I'esperé quelquesfois, i'aprehende souuent;
Et mon ame suiuit la Nef, l'onde, & le vent.
Enfin le puis-ie dire, & conseruer la vie?
Pour ce debile espoir, le sort eut de l'enuie;
Ie cherchois le trespas, il me le reffusa;
Et contre des rochers ce vaisseau se brisa:
La vague l'engloutit; & perte sans seconde,
Mon Soleil pour iamais, se cacha dessous l'onde;
Et l'ombre de la nuict, dont nous fusmes surpris,
Nous couurit les horreurs, de ce triste debris.
Auecques ce vaisseau, mon bon-heur fit naufrage;
Ie perdis en sa perte, esperance & courage;
Et pour porter encor, mon malheur plus auant,
La tempeste finit, & ie resté viuant.

MAHAMVT.

O qu'on souffre en amour, hâ qu'on souffre en la vie!
Vn demon nous regarde, auec vn œil d'enuie,
Qui sans doute se plaist à chocquer nos desirs,
D'estruire nostre espoir, & borner nos plaisirs.

LEANDRE.

Cent fois depuis, mon Maistre ennuyé de ma peine,
Me parla de rançon, & de rompre ma chaine;
Mais fuyant tous les biens, apres ces maux souffers,

J'ay voulu que la mort me trouuast dans les fers.
Enfin, à Tripoli, l'astre qui me vit naistre,
Sans changer de destin, me fit changer de Maistre:
Le Vice-Roy de là, qui vient l'estre en ces lieux,
Suiuit en m'acheptant, l'ordonnance des Cieux:
Moy i'inuoque la mort, c'est toute mon attente.
Hasan Bacha mon Maistre, est desia dans sa Tente,
Pour suiure exactement la coustume d'icy,
Qui l'oblige à camper, & nous autres aussi,
Iusqu'à tant que celuy qui commande en cette Isle,
Sorte d'vn pauillon tendu prés de la ville,
Pour venir voir son ordre, & remettre en sa main,
Le pouuoir qu'il tenoit du Prince souuerain,
Allons voir si tu veux cette ceremonie.

MAHAMVT.

Fais que de ton esprit, la douleur soit banie,
Ou l'adoucis au moins, puisque les plus constants,
Cedent aux loix du sort, & que tout cede au temps.
Cependant, si l'habit qu'vne folle ieunesse,
Me fait porter enfin auec tant de tristesse,
Et parmy les remords d'vn iuste repentir,
Me faisoit croire Turc, ie n'y puis consentir,
Prends donc en ma faueur, vn sentiment contraire;
Crois que i'auray pour toy, la charité d'vn frere;
Ouy, vray Compatriote, ainsi que vray Chrestien,
Tout ce qui fut à moy, se pourra nommer tien.

LEANDRE.

LEANDRE.

Si tu veux me seruir, comme me satisfaire,
Enseigne à mon esprit, le moyen de desplaire;
Fais moy haïr de tous. en l'estat ou ie suis,
Afin que le trespas termine mes ennuis :
Irrite le Bacha, depeinds luy mon audace,
Un iuste chastiment, me tiendra lieu de grace;
Pour moy le plus cruel, aura plus de pitié;
Car ie cherche la haine, & non pas l'amitié.

MAHAMVT.

Le Soleil qui se leue est dessus les Montagnes,
Et desia sa clarté s'espand dans ces campagnes:
Leandre hastons nous (si nous voulons bien voir)
D'aller ou nous appelle & l'heure & le debuoir.

LEANDRE.

Rien ne nous presse tant, car ces longues iournées,
Qui coulent en Esté sont presques des années:
Mon Maistre dans sa Tente est encor endormy
Toutesfois pour te plaire allons mon cher Amy.

ACTE II.

HAZAN, LEANDRE, MAHAMVT, YBRAHIM, HALI, ISAC, LEONISE, Troupes de Ianiſſaires.

SCENE PREMIERE.

HAZAN, Troupes de Ianiſſaires, LEANDRE, MAHAMVT.

HAZAN.

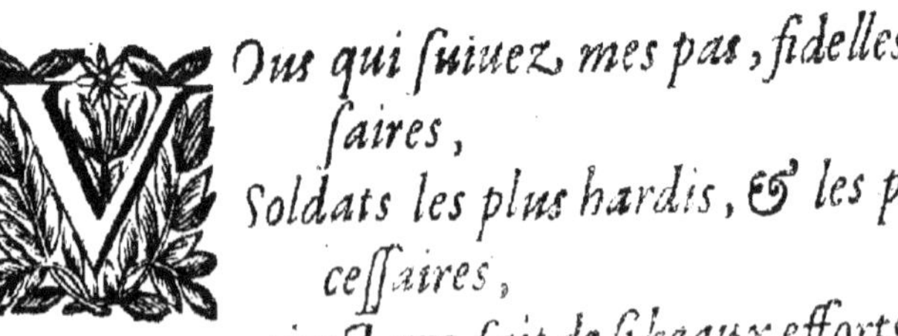

*Ous qui ſuiuez mes pas, fidelles Ianiſ-
ſaires,*
*Soldats les plus hardis, & les plus ne-
ceſſaires,*
Par qui l'empire Turc fait de ſi beaux efforts,

Et que l'on peut nommer les nerfs de ce grand corps:
Nous venons en des lieux ou la gloire se treuue;
Ou l'on met le courage, & la force à l'espreuue;
Cette Isle est vn theatre, ou l'on va paroissant:
Ou l'on voit disputer la Croix, & le Croissant;
C'est ou nostre valeur iointe à nostre fortune,
Doit mettre le Soleil, au dessous de la Lune,
Et faire confesser au Chrestien abatu,
Qu'Hector d'ou nous sortons, nous donna sa vertu.
Songez mes compagnons, au dessain qui nous meine;
Voyez la rescompence, a la fin de la peine;
Sa Hautesse m'enuoye, en ce Gouuernement;
Nous y trouuons la guerre, & c'est vostre element;
Releuons les debris de cette belle Ville,
Voulez vous vn tombeau plus superbe qu'vne Isle?
Il nous la faut deffendre, ou nous enseuelir
Sous ces mesmes ramparts qu'on vient de desmolir.

VN IANISSAIRE.

Ne craignez pas Seigneur, qu'au milieu de l'orage,
Nous soyons des Nochers, à manquer de courage;
La Mer peut s'esmouuoir, & le Ciel peut tonner,
Mais rien de tout cela, ne peut nous estonner:
Nous auons l'esprit ferme, & l'ame preparée;
Nous croyons vn destin d'eternelle durée,

De qui l'arrest fatal ne se peut esuiter,
De sorte qu'il n'est rien, que nous n'osions tenter.
Apres auoir chassé les Chrestiens d'vne Terre,
Ou nous vient d'amener la fortune & la guerre,
Portons si vous voulez nos trauaux plus auant,
Et que tous les Climats, adorent le Leuant.
Faisans craindre par tout, la force de nos armes,
Noyons toute l'Europe, & de sang, & de larmes;
Que tout cede aux efforts, de nos bras indomptez;
Que tout ne prenne loy, que de nos volontez;
Et par cette valeur à qui tout est facile,
Que l'Alcoran enfin esteigne l'Euangile:
C'est le fameux laurier que l'honneur nous promet,
Pour seruir le Sultan, vray fils de Mahommet.

HASAN.

Genereux Musulmans, l'ardeur qui vous anime,
Aura sa rescompence, en suite de l'estime,
Et domptant l'Apennin, ainsi que le Liban,
Nous mettrons la Thiare, au dessous du Turban:
La mer pleine d'orgueil, n'a point assez de vague,
Pour enfermer nos cœurs, dedans l'Archipelague,
Et deuant qu'estre au point ou ie veux paruenir,
Les cornes du Croissant, pourront tout contenir.
Mais i'entends l'Atabale; Hali sort de sa Tente,
Pour remettre en mes mains vne charge importante;

C'est ainsi que chacun doit faire son debuoir:
Monstrons luy son congé, compris dans mon pouuoir:
Je dois rester dans l'Isle, & l'on veut qu'il en sorte,
Pour s'en aller apres rendre compte à la Porte.
En faisant ton deuoir, comme ie fais le mien,
Viens voir ce que t'escrit, mon Seigneur, & le tien.

SCENE II.

HALI, YBRAHIM, Troupes de Ianissaires

HALI.

Our monstrer mon respect, aussi bien que ma ioye,
Iadore cét escrit, & la main qui l'enuoye.

LETTRE,
POVR HALI MON ESCLAVE.

Obserue mon commandement:

Et remets ton Gouuernement,
Entre les mains d'Hasan, ton Maistre te l'ordonne:
Et viens receuoir en personne,
Le salaire, ou le chastiment.

SVLTAN SELIM.

Quand vn ordre nous vient d'vne telle puissance,
La gloire d'obeyr, est vne rescompence:
Ie vous remets la place, et les Soldats aussi;
Et les marques du rang que te tenois icy.
Compagnons de ma gloire, ainsi que de ma peine,
Imitez le respect de vostre Capitaine,
Car vous y trouuerez de l'honneur & du bien;
Vous voyez vostre Chef, & ie ne suis plus rien.

VN IANISSAIRE.

Viue le Grand Seigneur, & celuy qu'il enuoye.

VN AVTRE IANISSAIRE.

Viue Hazan Bacha, pleind d'honneur & de ioye.

IBRAHIM.

Vous qu'il a commandez, & qu'il quite auiourd'huy.

Soldats, on vous permet de vous pleindre de luy,
S'il n'a pas bien vescu formez en vostre pleinte;
Comme il est sans pouuoir, soyez aussi sans crainte.

VN IANISSAIRE.

Il nous a gouuernez auec tant d'equité,
Qu'on ne peut l'accuser, sans trop de lascheté.

HAZAN.

Il reste maintenant, que vous veüilliez m'instruire,
De l'estat du pays, pour m'y pouuoir conduire.

HALI.

Vous trouuez vn Estat encor mal affermy;
Vous viurez en ces lieux auec vostre ennemy;
Sous vn joug si pesant, le peuple qui souspire,
Ne fait de vœux au Ciel, que contre nostre Empire:
Vous deuez vous garder dedans, comme de hors,
Et ne dormir iamais de l'esprit ny du corps:
Craindre tout, voir par tout, & tascher de surprendre,
Les pensers dans le cœur, afin de s'en deffendre;
Sur le moindre soupçon punir seuerement;
Regner par la frayeur, c'est regner seurement;
En tout cas il vaut mieux que l'innocent patisse,

Que souffrir le coupable, à faute de iustice;
Il vaut mieux oprimer, que se voir oprimé;
Et l'on doit estre craind, ne pouuant estre aymé.
Il ne reste aux Chrestiens qu'vn fort en toute l'Isle,
Il n'incommode point, ny la mer, ny la ville;
Ioinct qu'on peut en deux Mois le prendre à coup de main,
Ou sinon, l'inuestir, & l'auoir par la faim.
Vos Troupes sont de force, & d'ardeur animées,
Pleines de bons Soldats & de plus bien armées;
L'argent pour les payer ne peut manquer encor,
Tout celuy de la ville, estant dans vn thresor:
Pour les munitions, & de guerre, & de bouche,
De deux ans pour le moins, qu'aucun soin ne vous touche:
Ie vous laisse muny de tout abondamment:
Voila quel est l'estat de ce Gouuernement.

HAZAN.

Cèt aduis me suffit: mais quel homme s'aproche?

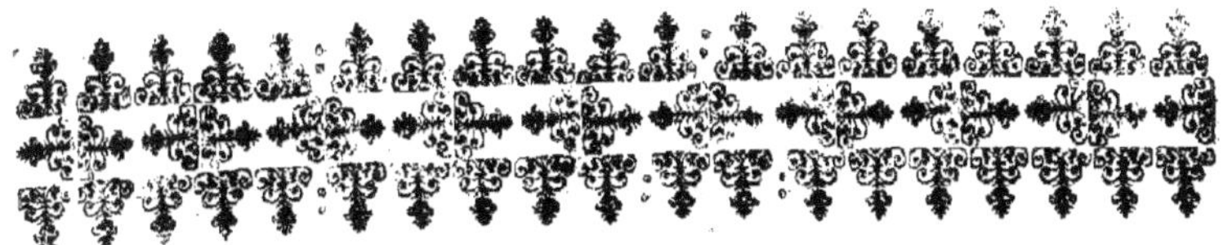

SCENE III.

ISAC, LEONISE.

ISAC.

SEigneurs, quelqu'vn de vous à t'il vn cœur de roche,
Impenetrable aux dards que l'ancent deux beaux yeux,
Plus clairs, & plus perçants, que n'est celuy des Cieux?
N'a t'il iamais aimé? ny connu cette flame,
Qui d'vn œil passe en l'autre, & de l'œil iusqu'en l'ame?
Qu'il vienne voir l'obiet, que ie conduis icy,
Et perdre sa constance, & sa franchise aussi,
Et puis, pour soulager cette nouuelle peine,
Esclaue bien-heureux, qu'il achette sa Reine.
Douze mille Sequins, l'en mettent en pouuoir;
Et ce prix, ne vaut pas le plaisir de la voir.

E

HAZAN.

Souuent on dit Soleil, ce qui n'est pas estoile;
Pour nous en esclaircir qu'elle hausse le voile.

ISAC.

Voyez (loing de flatter de si charmans appas)
Si la vendant si peu, ie ne la donne pas.

LEANDRE.

O Dieu c'est Leonise!

HAZAN.

O merueille adorable!

HALI.

Le Serrail du Sultan, n'a rien de comparable!

IBRAHIM.

L'esclat de ce visage, esblouit ma raison!
Elle porte des fers, & nous met en prison!

ISAC.

Voyez cét abregé de tant de belles choses,
Ce m'eslange confus, & de lis, & de roses,

Ce taint vif, et si net, ces perles, ce coral,
Ce regard si modeste, & qui fait tant de mal,
Cette taille, ce port, & cette bonne mine,
Que la maiesté suit, alors qu'elle chemine.

LEONISE.

Monstre, sorti d'enfer, pour me persecuter,
Quelque mauuais demon, t'apprend à me flatter.

ISAC.

Au reste, son esprit qui de vaincre a l'vsage,
Dispute de beautez, auecques son visage.

HALI.

Entre dens cette Tente, On t'y satisfera

HAZAN.

Demeure dans la mienne on te contentera.

HALI.

Iay parlé le premier, c'est pour moy la Chrestienne.

HAZAN.

De plus fortes raisons, la pourroient rendre mienne;
Mais aucun de nous deux, n'en doit auoir l'honneur,

Et ie prends cette Esclaue, au nom du grand Seigneur;
Nous verrons maintenant, si quelqu'vn à l'audace,
D'oser choquer son Maistre, & d'occuper sa place;
Qui me la veut oster?

HALI.

Moy; qu'vn mesme dessein,
Porte à faire ce choix, pour nostre Souuerain:
Il est plus à propos que ie la luy presente,
Ie n'ay plus que l'espoir, ta fortune est presente;
Tu restes Gouuerneur, ie m'en vay sans pouuoir;
Et c'est par cet obiet, que i'espere en auoir.
Ne t'obstines donc plus au dessein de me nuire,
Et puis que ie m'en vay, laisse la moy conduire:
Regle mieux tes desirs, rends les plus complaisans;
Et songe qu'vn Royaume, est à toy, pour trois ans:
Tu vas rester dans Chipre, & ie vay dans la Thrace,
Si bien que tu me doibs accorder cette grace,
C'est à moy qu'apartient, l'heur de la presenter,
Et tu n'as pas raison de me le disputer:
I'ay parlé le premier; & quoy qu'il en aduienne,
Il faut auoir ma vie, auant que la Chrestienne.

LEANDRE.

A ce cruel obiet, qu'est-ce qui me retient!
Ils disputent entre eux, vn bien qui m'apartient.

LEONISE.

Seigneurs, accordez vous; apaisez cette guerre;
Vous la pouuez finir d'vn coup de Cimeterre,
Qui m'emporte la teste, & nous mette en repos:
Ne vous aigrissez plus, d'inutiles propos;
Songez, en disputant pour vne infortunée,
Que tout cœur genereux, se fait sa destinee:
Dans le plus grand orage, il voit tousiours vn port,
Ou le peut faire entrer sa constance, & la mort.
Quand vn cœur est touché de cette illustre enuie,
Il voit mille sentiers, pour sortir de la vie:
Lors que vous disputez, pour sçauoir qui m'aura,
Vous disputez vn prix, qui vous eschapera.
Accablez moy de fers, obseruez tous mon ame,
Ostez moy les poisons, les poignards, & la flame,
Ces inutiles soings, ne m'empescheront pas,
De sauuer mon honneur, par vn iuste trespas.
Celle qui ne meurt point, en se voyant poursuiure,
Monstre qu'elle à voulu faire vne faute, & viure:
La force est vn pretexte, aussi foible, que faux:

On ne veut point guarir, quand on ſouffre ces maux:
Pour moy, qui veux dompter le malheur qui m'opreſſe,
Ie fais cas de Porcie, & ie blaſme Lucrece;
Le poignard de Tarquin, euſt deuancé le mien;
Et qui cherche la mort, ne ſçauroit craindre rien.
Celuy qui parmy vous ennuyé de ſes peines;
Tira ſa liberté, des barreaux, & des chaines;
Qui s'eſcraſa la teſte, afin de ſe ſauuer,
Montre qu'en tous endroits, la mort ſe peut trouuer:
Ainſi ne croyez pas regler mon aduanture,
Dans le choix du Serrail, ou de la ſepulture,
Ie ne balance point; & malgré vos efforts,
L'ame qui doibt regner, diſpoſera du corps.

LEANDRE.

O celeſte vertu, qui n'eus iamais d'exemple,
Dans le cœur des mortels, tu doibs auoir vn Temple.

HALI.

Enfin c'eſt trop reſuer, reſouds toy promptement,
Songe à ce que tu fais, & parle clairement.

HAZAN.

Il me ſemble Hali que tu me doibs entendre:

HALI.

Explique toy pourtant;

HAZAN.

Ie ne la veux point rendre.

HALI.

L'interest d'vn amy ne te sçauroit toucher?

HAZAN.

Le mien auec raison, me doibt estre plus cher.

HALI.

Tu te vois establir, & ie cherche de l'estre?

HAZAN.

Ie veux me conseruer dans l'esprit de mon Maistre:

HALI.

Assez d'autres debuoirs, pourront te l'obliger:

HAZAN.

Qui s'y veut maintenir, ne doit rien negliger.

HALI.

Veux tu perdre vn Ami, gagnant vne Prouince?

HAZAN.

I'aime mieux perdre tout que l'amitié du Prince.

HALI.

I'ay parle le premier, c'est moy qui doibs l'auoir.

HAZAN.

Reste dans le respect, tu n'as plus de pouuoir.

HALI.

Ie ne sçaurois souffrir qu'elle me soit rauie,
Resouds toy de m'oster, ou de perdre la vie.

HAZAN.

Ha c'est trop insolent,

HALI.

Ha ne m'irrite pas,

HAZAN.

D'icy viendra ta mort,

HALI.

Ou de la ton trespas.

VN IANISSAIRE.

Que faites vous Seigneurs? qu'elle rage insensée,
Contre vostre deuoir, regne en vostre pensee?

IBRAHIM.

La fortune me rit, tout conspire à mon bien;
Ie l'auray sans peril, & sans en donner rien.
Terminez ces debats, dont la cause est legere,
Par vn moyen aisé que le Ciel me suggere:
Qu'elle soit à tous deux, contentez vos esprits;
Et ne payez chacun, que la moitié du prix.
Pour auoir du Sultan, la gloire meritee,
Qu'au nom de tous les deux elle soit presentée:

ARSENAL

Ainsi chacun de vous, aura part au plaisir,
Et chacun obtiendra, la fin de son desir.
Mais pour vous accorder, il sera necessaire,
Que de ce beau present, ie sois depositaire:
Quand aux frais du voyage, ils seront faits par moy,
Auec tout le respect, que l'on doit à son Roy:
Ie croy que c'est ainsi que peut aller la chose,
Si l'on est satisfait, de ce que ie propose.

HALI.

I'y consents;

HAZAN.

Ie le veux:

IBRAHIM.

Suy nous; viens receuoir;
Les douze mille escus, que tu veux en auoir:
Ce bon commencement, promet la fin heureuse.

HALI.

Cachons pour les tromper nostre flame amoureuse.

HAZAN.

Ma bouche vous deçoit, mon cœur n'est point changé:

ISAC.

Tu vas estre punie, & ie seray vangé:

LEONISE.

Inutiles projets, dont leur ame se pippe,
Vous estes des broüillards, que le Soleil dißipe.

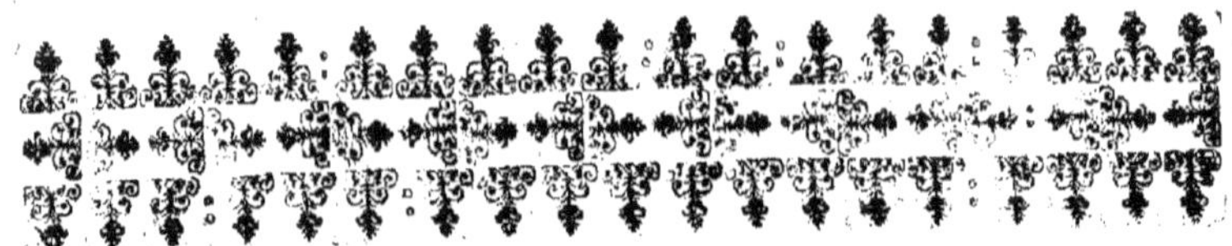

SCENE IV.

LEANDRE, MAHAMUT.

LEANDRE.

O Colere du Ciel tu vas au dernier point!
Ils mettent à vil prix, un bien qui n'en a point!
Celle qui doibt regner, est esclaue elle mesme!
On m'arrache le cœur, en m'ostant ce que i'aime!
On la force de suiure vn Arrest inhumain!
Insuportables fers laissez agir ma main.
Non, non, ne souffrons plus cette iniuste contrainte;
Perdons le iugement, aussi bien que la crainte;
Et si rien desormais ne peut nous secourir,
Montrons que nous sçauons nous vanger, & mourir.
Et quoy, souffrirons nous qu'vne troupe barbare.
Puisse ternir l'esclat d'vne vertu si rare?
Ou que pour se sauuer, de leur iniuste effort.

La Reine de ma vie, ait recours à la mort?
L'image du Serrail, dont elle est menaçée,
Par la main de l'Amour, dans mon cœur est tracée,
Et ie fremis d'horreur, à me la figurer,
Puis que c'est pour iamais, qu'on nous va separer.
Dure necessité, qui m'es intolerable,
Fais au moins que le deuil estouffe vn miserable,
Et que le iuste excez, d'vne iuste douleur,
Ioigne son dernier iour, a son dernier malheur.
Mais le foible secours, & la foible alegeance!
Leandre, il faut mourir, mais non pas sans vangeance;
A des cœurs genereux, le trespas est permis,
Mais il faut s'enterrer, auec ses ennemis:
Pour perdre ces Geants (Amour) forge des foudres;
Consumons des Palais, mettons la flame aux poudres;
Et faisant tout perir, en cét embrazement,
Que Nicosie enfin ne soit qu'vn monument:
La diuine beauté, qui regne dans mon ame,
En s'esleuant au Ciel, deuancera la flame;
Et mon cœur emporté, de desirs amoureux,
Reioindra ce bel Ange, en ce lieu bien-heureux.

MAHAMVT.

Modere tes ennuis; le sort la conseruée:

Tu la croyois perdüe, & tu l'as retrouuée.

LEANDRE.

Ha c'est la cruauté que i'esprouue en ces lieux!
Le destin me la monstre, & puis l'oste à mes yeux,
Il me l'a submergee, il me la ressuscite,
Mais ie la perds tousiours, tant mon malheur s'irrite.

MAHAMVT.

Espere toutefois, elle vit, et tu vis,
Et tu peux estre heureux, si tu crois mon aduis:
Faisons que le Cadi te demande à ton Maistre;
Ainsi viuant ensemble, & te faisant connoistre,
Nous pourrons nous seruir de quelque inuention,
Pour vous tirer des fers, & de l'affliction,
Trouues tu ce dessain fondé sur l'apparence?

LEANDRE.

Veux tu qu'vn affligé, refuse l'esperance?
Helas, dans vn naufrage, en se voulant sauuer,
On cherche les escueils, quand on les peut trouuer;
On s'attache par tout, tout semble fauorable;

Et tu n'as qu'à conduire vn Amant miserable:
Il suiura les conseils, du meilleur des humains:
Enfin ie te remets mon sort entre les mains;
Sois en Maistre absolu, dispose de ma vie;
Pourueu que ta faueur satisface l'enuie
Que i'ay de voir encor cét objet sans pareil,
Mon sang sera trop peu, pour payer ce conseil.

MAHAMVT.

Je veux ou te sauuer, ou me perdre moy mesme:

LEANDRE

I'adore ta vertu, plustost que ie ne l'aime:
Mais es tu bien certain que ton Maistre auiourd'huy,
Veuille m'auoir du mien, ou m'obtienne de luy?

MAHAMVT.

Comme ce vieux Cadi n'a qu'vne ame imbecile,
Sçaches qu'auprès de luy, ie trouue tout facile:
Ouy, si ie l'entreprends il est en mon pouuoir;
Et ie veux mesme encor, qu'il brusle de t'auoir.
Pour la difficulté de te changer de Maistre,

Le mien par ces deux rangs & de Iuge, & de Prestre,
Et si fort reueré, qu'on n'a garde d'ozer,
Ny chocquer ses desirs, ny luy rien refuser;
Ainsi facilement te pouuant introduire,
Donne toy patience, & te laisse conduire.

LEANDRE.

Qu'heureusement pour moy tu me connus au port!
Qu'heureusement apres, ie te compté mon sort!
Je benis la fortune, & ne me pleinds plus d'elle,
Puis qu'elle me presente, vn Amy si fidelle.

ACTE III.

HALIME, SVLMANIRE, SARRAIDE, YBRAHIM, MAHAMVT, LEANDRE, LEONISE, PAMPHILE.

SCENE PREMIERE.

HALIME, SVLMANIRE, SARRAIDE,

HALIME.

Vous à qui mon ame ouure tous ses secrets,
Esprits que ie connois fidelles & discrets,
Qui vous interessez dans tout ce qui me touche,
Taschez de voir mon cœur, sans implorer ma bouche,

Obseruez ma tristesse, & tous ses mouuemens,
Voyez par mes souspirs, quels sont mes sentimens;
Ie veux dire mon mal, & ma bouche ne l'ose;
Mais en voyant l'effect, descouurez en la cause;
Et ne m'obligez point à rougir d'vn propos,
Qui chocque mon honneur, & trouble mon repos.
Hastez vous, car mon mal accroist sa violence,
Par la iuste pudeur qui m'oblige au silence.
Mais bon Dieu que la pleinte a de charmans appas!
Par elle ie fais voir, ce que ie ne dis pas;
Mon cœur se veut fermer, & cette pleinte l'ouure,
Ie veux cacher ma flame, & ie vous la descouure;
Enfin confessez moy, qu'à trauers ce discours,
Vous voyez la douleur, qui menace mes iours.

SVLMANIRE.

Mon esprit tout confus, & tout remply de crainte,
Ne sçauroit voir encor d'où prouient cette pleinte.

SARRAIDE.

Le mien est plus sçauant en l'art de deuiner;
Vous auez vn grand mal, qui vous l'a pû donner?
Car enfin vous aymez:

HALIME.

Il est vray Sarraide:
La raison m'abandonne, & la fureur me guide;
L'Amour plus fort que moy, s'est rendu mon vainqueur;
Mes yeux qui m'ont trahie, ont fait prendre mon cœur;
Et l'adorable obiet qui regne en ma memoire,
Esleue de ma perte, vn trophee à sa gloire,
Ie mets les armes bas, ie cede à son pouuoir,
Il me combat, il vainc, & tout sans le sçauoir.

SVLMANIRE.

On m'a dit autrefois que cette iniuste flame,
Dans son commencement, peut s'esteindre en vne ame,
Mais que si l'on n'y pense, apres dans vn moment,
Rien ne peut s'opposer à cét embrasement,
Sauuez vous donc Madame, auant qu'elle s'augmente.

SARRAIDE.

O le foible secours pour sauuer vne Amante!

Qu'en matiere d'amour, ton cœur est mal instruit!
Au lieu de se sauuer, soy mesme on se destruit;
Et tous les vains efforts que la vertu peut faire,
Ne sçauroient nous guarir d'vn mal si necessaire.

SVLMANIRE.

Quand on n'escoute pas la voix de la raison,
Il est vray que ce mal n'a point de guarison,
Quand vne ame se plaist de s'en voir consommée,
Au mespris de l'honneur, & de la renommée,
Qu'elle cherche l'obiet, qui l'a peut captiuer,
Aucun il est certain, ne la sçauroit sauuer;
Il faut vaincre en fuyant, vn œil remply de charmes:

SARRAIDE.

Contre vn tel ennemy, la raison n'a point d'armes;
Peux tu gouster la tienne, ainsi foible qu'elle est?
Le moyen de bannir vn obiet qui nous plaist?
Qui s'attache à nostre ame, & dont la force extreme,
Nous fait moins viure en nous qu'aux personnes qu'on ayme?
Le moyen de bannir du cœur comme des yeux,
L'inseparable obiet qui nous suit en tous lieux?
Non, non, il faut aymer, quand le destin l'ordonne:
Fermez, fermez l'oreille, aux conseils qu'elle donne;

Vostre Espoux est si vieux, & prés du monument,
Que la raison s'accorde, à vostre changement:
Goustez donc les plaisirs ou l'age vous conuie;
Aimez, soyez aimée, vsez bien de la vie;
Aprouuez mes conseils, & perdez en ce iour,
Ce fantosme d'honneur, qui s'oppose à l'Amour.

HALIME.

Ouy, ie cede à l'Amour, sa force est absolue:
Tu me dis vne chose, ou i'estois resoluë:
Mais Dieu, pourras tu croire en ce mal que ie sens,
Qu'vn Esclaue est mon Maistre, & qu'il regne en mes sens?
Vn Esclaue me dompte; il fait que ie souspire;
Et tout chargé de fers, il fonde son Empire.

SVLMANIRE.

Quand vn obiet si bas, occupe nos esprits,
Nous mesmes deuenons vn obiet de mespris.

SARRAIDE.

Et pourquoy son ardeur seroit elle blasmable?
Ne doit on pas aimer, ce que l'on trouue aimable?
Pour vn cœur que l'Amour menace du trespas,

Le Sceptre & la Houlette, ont les mesmes appas:
Nous cherchons en aimant, d'vne ardeur peu commune,
Les dons de la Nature, & non de la fortune:
Mais ne sçaurons nous point le nom, & le seiour,
De l'Esclaue qui regne, en l'Empire d'Amour?

HALIME.

Leandre, hâ ce beau nom qui me remplit de flame,
Est le nom du Captif, qui regne dans mon ame.

SARRAIDE.

Celuy dont le Bacha fait present au Cadis

HALIME.

C'est celuy qui me blesse, & celuy que ie dy.

SARRAIDE.

Il a des qualitez dignes de vostre estime:

HALIME.

Il a des qualitez, qui font mourir Halime;

Et ie trouue aux regards de ce parfait Amant,
Vn pouuoir tirannique, aussi bien que charmant.
A l'instant que i'ay veu son aymable visage
Ma debile raison, a perdu son vsage;
Son aspect m'a rauy repos & liberté;
Et m'a fait de l'amour, vne necessité.

SARRAIDE.

Douce necessité, quand on a l'aduantage,
D'auoir ainsi que vous, les beautez en partage;
Et qu'on est assuré, se voyant enflamer,
Que l'on nous aymera, comme on se fait aymer.

HALIME.

En vain pourtant mes yeux ont fait agir leurs charmes;
Il n'y voit point l'amour, à trauers de mes larmes;
L'insensible qu'il est, d'vn air malicieux,
Feint de n'entendre pas le langage des yeux.

SARRAIDE.

Ioignez donc pour banir la crainte qui le touche,

Au langage des yeux, le discours de la bouche.

HALIME.

Iaime, i'ay des desirs, & ie me sents brusler,
Mais ie mourray pourtant, sans que i'ose parler;
Vois donc en ce conseil, qu'elle erreur est la tienne:

SARRAIDE.

Seruons nous pour cela de l'Esclaue Chrestienne:
Qu'elle parle pour vous à ce ieune vainqueur;
Et pour rompre ses fers, qu'elle en donne à son cœur.
Flattons la par l'espoir, disons qu'il est facile,
De luy faire reuoir les costes de Sicile;
Et que sa liberté sera le digne prix,
Que vous ordonnerez au soing qu'elle aura pris:
Enfin, promettons luy tout ce qu'elle souhaite,
Pourueu que sa faueur vous rende satisfaite:
A la guerre, à l'amour, l'artifice est permis,
Pour vaincre les Amants, comme les ennemis.

HALIME.

Ie craindis qu'vn tel agent, ne me soit pas fidelle,
Ce captif a des yeux, & cette Esclaue est belle.

SARRAIDE.

SARRAIDE.

Comme elle est destinée au lict du grand Seigneur,
Elle ne songeroit qu'à ce supreme honneur:
Mais ce cœur insensible, à ce que ie remarque,
Pense moins au Serrail qu'au sejour de la Parque:
Si bien que tant d'esclat, ne pouuant la tenter,
Vostre esprit sur ce poinct, n'a rien à redouter.

HALIME.

Tasche donc de la voir, & de luy faire entendre,
Le seruice important, que sa voix me peut rendre:
Je remets en tes mains, mon desir amoureux,
Et par toy mon esprit espere d'estre heureux.

SARRAIDE.

Vous ne manquerez pas d'vn seruice fidelle:

SVLMANIRE.

Iuste Ciel, on la perd, en ce soing qu'on prend d'elle.

HALIME.

Va donc, mais promptement, & sans plus de seiour,
Puisque l'impatience, est compagne d'amour.

SCENE II.

IBRAHIM, MAHAMVT, LEANDRE.

IBRAHIM.

Nfin par ce discours, iugez qu'elle est ma peine:
Ie souffre la torture, en mon ame incertaine;
Cent maux sont attachez, à cét amour naissant
mais ie suis tousiours foible, il est tousiours puissant.
Mon age, mon office, & le respect d'un Maistre,
Taschent de l'estouffer au poinct qu'il vient de naistre,
Mais pour moy la raison a des soings superflus,
Ie ris de ses conseils, & ne l'escoute plus.
Quand pour gagner l'obiet dont mon ame est rauie,
Ie deurois hazarder ma fortune & ma vie;

Quand ie serois certain de me voir obligé,
D'aller porter ma teste au Sultan outragé;
Quand mesme le Sultan pourroit voir en mon ame,
Cette illicite ardeur qui la reduit en flame,
Il faut que ie la montre aux yeux qui m'ont charmé,
Et qu'Ibrahim perisse ou bien qu'il soit aimé.
O vous qui connoissez cette belle Captiue,
Faites par vos conseils, que vostre Maistre viue,
Et qu'il doiue à vos soins, le reste de ses iours,
La fin de l'entreprise, & l'heur de ses amours.
Mais si vous me tirez de cette inquietude,
Sçachez que mon esprit n'a point d'ingratitude;
Mahamut obtiendra, plus qu'il n'a souhaité;
Et Leandre, pour prix, aura sa liberté.

MAHAMVT.

Pourueu que nous puissions nous trouuer aupres d'elle,
Vous n'y manquerez point d'vn seruice fidelle;
L'adresse de l'esprit, ne s'espargnera pas,
Pour vous rendre vainqueur, de ses charmans appas.
Que vostre ame resiste, au soing qui l'importune;
Allez offrir des vœux, à la bonne fortune;
Si dans ce haut dessein, que nous entreprenons,
Nous ne sommes heureux, & ne vous couronnons,
La place pour le moins, sera bien attaquée.

IBRAHIM.

Ma charge (estant Midy) m'apelle à la Mosquée,
Mais ne m'y suiuez pas, & sans plus discourir,
sçachez si ie doibs viure, ou si ie doibs mourir.

MAHAMVT.

Si son cœur n'est de glace incapable de flame,
Leandre assurement, pourra toucher son ame:

LEANDRE.

Ouy, ie promets d'agir plein de zele & de foy,
Auec autant d'ardeur, que si c'estoit pour moy.

IBRAHIM.

Afin de l'obliger contre nostre coustume,
Je viens de donner ordre à l'Eunuque Isotume,
De laisser chaque iour entrer facilement,
Mes Esclaues Chrestiens, dans son apartement.

LEANDRE.

Admire Mahamut, mon aduanture estrange!
Remarque en quel estat, la fortune me range!
Considere l'employ que l'on m'offre en ces lieux!
Et vois tomber sur moy la colere des Cieux.
Helas, que mon destin a d'estranges caprices!
Qu'il est ingenieux, & qu'il à de malices!
Ses bizarres effects, estonnent ma raison.
Et font que mon desastre est sans comparaison,
I'aime ie suis hay; ma Mestresse, est captiue;
Ie tasche à la sauuer, la tempeste m'en priue;
Ie la vois destiner au lict du Grand Seigneur;
Et pour dernier effort, de mon dernier malheur,
On veut que seduisant sa vertu par mes charmes,
I'aille m'oster la vie, auec mes propres armes.
O sort fier ennemy, qui chocquez mon bon-heur,
Ostez moy le repos, mais laissez moy l'honneur:
De cette lascheté, mon ame est incapable;
Faites vn malheureux, & non pas vn coupable;
Acheuez de me perdre afin de m'obliger;
Et me faites mourir, au lieu de m'affliger:
Ie ne veux point de vous, vne faueur plus grande,
C'est ce que ie merite, & ce que ie demande.

MAHAMVT.

Vostre esprit inuentif à se persecuter,

Pleure, souspire, & pleind, quand il deburoit chanter:
Par la melancholie, ou vostre humeur incline,
Vous negligez la rose, & vous prenez l'espine:
Et pareil aux serpents, en respandant des pleurs,
Vous meslez du venim, dans les plus belles fleurs.
Que voulez vous du sort? il sauue Leonise,
Et vous le querellez, quand il vous fauorise?
Vous desirez la voir, il y consent aussi,
Et puis vous l'accusez quand il vous traicte ainsi!
Non, non, n'abusez pas de sa faueur offerte:
Perdre l'occasion, est vne grande perte:
Seruons nous bien du temps; & sans plus differer,
Allez voir Leonise:

LEANDRE.

Ou plustost l'adorer:
Mon ame à ce beau nom de tristesse abatuë,
Tasche de resister à l'ennuy qui la tuë:
Allons cher Mahamut;

MAHAMVT.

Ie vous suiuray de loing:

LEANDRE.

L'amour de la vertu, ne craind pas de tesmoing:

MAHAMVT.

Laissez vous gouuerner, au conseil qu'on vous donne:

LEANDRE.

Pour en craindre l'effect, la cause en est trop bonne:
Mais connoissant l'esprit, qui tient ma liberté,
Ne me resiste plus, & suis ma volonté.

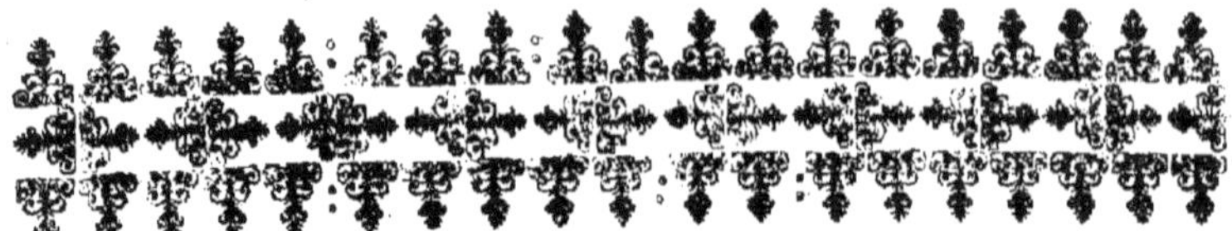

SCENE III.

SARRAIDE, LEONISE.

SARRAIDE.

Ouy, si tu viens à bout de ce qu'on te propose,
Demande ta franchise, espere toute chose;
Il n'est rien de si grand, qu'on ne t'offre auiourd'huy,
Pourueu que cet amour soit bien receu de luy.
Va, ne perds point de temps, tasche de le surprendre,
Et sur tout, souuiens toy, qu'il s'apelle Leandre.

LEONISE.

Infame, & lasche esprit, au crime abandonné,
Suis toy mesme vn conseil, que ta voix m'a donné.

Ton ame est bien plus propre, à ce vil exercice;
Sçaches que la vertu, n'obeyt point au vice:
Et que la liberté n'a point assez d'appas,
Pour obliger la mienne, à faire ce faux pas.
L'honneur est vn thresor, d'vn prix inestimable;
On le doibt seul aymer, comme il est seul aymable;
Tout le reste des biens, sont de l'ombre, & du vent,
Par qui l'ame se trompe, & se perd bien souuent.
Destin iniurieux, qui fais naistre mes peines,
Tu peux m'oster la vie, ou m'accabler de chaines;
Mais mon cœur genereux, ne peut estre abatu,
Ataque ma fortune, et cede à ma vertu.
Mais que dis-ie mon cœur! tu n'as pu te deffendre:
On vient de te blesser, par ce nom de Leandre;
Et le cher souuenir, d'vn si parfaict Amant,
De ton ingratitude, à fait ton chastiment.
Choix peu iudicieux, amour si mal fondée,
Suplice de mes sens, laide & cruelle idée;
Augmente ta rigueur, afin de me punir:
Peinds moy ces deux Amans, ie veux m'en souuenir.
O vertu de Leandre, aymable, & mesprisée!
Laschete de Pamphile, à tort fauorisée!
Refus du vray merite, amour de faux appas;
Iugement aueuglé, qui ne discernois pas;
Auarice honteuse, & qu'on veid sans esgalle;
Effects miraculeux, d'vne ame liberalle;

Enfin, amour, mespris, constance, lascheté,
Faites moy tout souffrir, car i'ay tout merité,
Mais que vois-ie bon Dieu! quel obiet se presente,
Sous la plus laide forme, & la plus desplaisante,
Que l'Enfer pust offrir à mes yeux effrayez?
Demons, ostez la moy, vous qui me l'enuoyez.

SCENE IV.

PAMPHILE, LEONISE,

PAMPHILE.

O Merueille, c'est elle?

LEONISE.

Arreste on te l'ordonne;
On ne doibt point chercher vn bien qu'on abandonne:
N'approche point de moy, tu perdrois tes efforts:
Dragon tousiours veillant, va garder tes thresors.

Auare & lasche esprit, indigne de la flame,
Qu'vn foible & faux esclat, alluma dans mon ame,
Comme les seuls metaux, ont droict de te toucher,
Me prends tu pour de l'or, toy qui me viens chercher?
Pense tu que ce iour, sorte de ma memoire,
Ou mourut mon amour, aussi bien que ta gloire?
Et qu'en ces lieux d'horreur, & de pleinte, & d'effroy,
Mon cœur ne songe plus, que i'y languis par toy?
Le temps, pour t'obliger, n'a point assez d'annees;
Les peines que i'endure, & que tu m'as données,
M'offrent à tous momens, le souuenir resté,
Et de mon imprudence, & de ta lascheté.
Mais non, espere tout; tu n'as plus rien à craindre,
Ie connois auiourd'huy, que i'eus tort de me plaindre:
Ton cœur auoit raison; & ie ne valois pas,
Cette immense rançon de vingt mille ducats.
O le plus desloyal, de la terre où nous sommes,
Seul crime de mon ame, & deshonneur des hommes,
Apres tant de malheurs, que tu pus esuiter,
Oses tu voir ces fers, que tu me fais porter?
Va, ne m'aproche plus, ton œil me desespere:
Rends moy la liberté, mon Amant, & mon Pere;
Et si ce grand effect, n'est pas en ton pouuoir,
N'augmente point mes maux, de celuy de te voir.

PAMPHILE.

Confus & repentant d'vne faute innocente,

Les foudres d'une voix, si rude, & si puissante,
Estonnent ma raison qui ne s'ose fier,
A l'espoir qu'elle auoit de me iustifier:
Mais si vous permettiez, à mon ame abatuë,
D'opposer son discours, à celuy qui la tuë,
Peut-estre ....

LEONISE.

Tu parois dans mon sort rigoureux,
Aussi froid orateur, comme froid amoureux:
Ta deffence meschant, irrite ma colere:
Mais il te reste encor, vn moyen de me plaire.

PAMPHILE.

Dites moy quel il est, si vous le trouuez bon:

LEONISE.

De ne me voir iamais, & d'oublier mon nom:
Va t'en sans repartir:

PAMPHILE.

O fureur non preueuë!

LEONISE.

Oste moy de la gesne, en t'ostant de ma veüe

PAMPHILE.

Il luy faut obeyr.

LEONISE.

Va, ie ne vallois pas,
Cette immense rançon, de vingt mille ducats!
O souuenir amer, de mes erreurs passées,
Triste & funeste obiet, de toutes mes pensées,
Falloit-il que le sort vint encor augmenter,
Le droict que vous auez de me persecuter?
Et que ce lasche Amant, eust encores l'audace,
De s'offrir à mes yeux, apres tant de disgrace?
Ouy, ce dernier suplice, est le plus grand de tous,
Et l'ayant merité, i'en doibs souffrir les coups.
Mais bon Dieu qui s'aduance: ô iour plein de merueille,
En voyant le Soleil, ie doute si ie veille;

Mon esprit qui s'estonne, à peine à conçeuoir,
Ce que mon œil luy montre, ou ce qu'il pense voir.
Contraires opposez que le destin m'enuoye,
Vous ioignez dans mon cœur, la douleur à la ioye.

SCENE V.

LEANDRE, LEONISE, MAHAMVT.

LEANDRE.

IE ne viens point icy, beau chef-d'œuure des Cieux,
Porté comme autrefois, d'vn vol audacieux,
Qui sans voir le danger, que l'orgueil se prepare,
M'aprochoit du Soleil, sur des aisles d'Icare:
Ie ne viens point icy, poussé par mes desirs,
Troubler vostre repos, & choquer vos plaisirs,

Bien que mon cœur bruslé, soit tousiours dans la
flame,
Enfin le iugement, fait mieux agir mon ame;
Et sans briser mes fers, ny rompre ma prison,
Ie n'ay pas moins d'amour, mais i'ay plus de raison.
Ouy, i'ay veu mes defauts, i'ay connu vos merites,
Et comme tous les deux n'auoient point de limites,
Et que mon cœur pourtant, vouloit vous adorer.
Pour aymer sans faillir, i'aime sans esperer.
Dans la belle amitié, l'interest est blasmable;
On doibt aimer l'obiet, parce qu'il est aimable;
Ne regarder que luy, sans reflefchir vers soy;
Et tel est auiourd'huy, l'amour qui vit en moy.
Ouy, chere Leonise, en mon ame blessée,
L'ardeur que i'ay pour vous, est desinteressée;
Et du feu le plus pur, ie me sents consumé,
Que le flambeau d'Amour, ait iamais allumé:
Ainsi donc soyez moy cruelle, ou pitoyable;
Faites moy bien-heureux, rendez moy miserable;
Mettez dans mon esprit, la gloire, ou les tourmens;
I'auray tousiours pour vous, les mesmes sentimens.
Ie verray vos faueurs comme vne grace insigne;
Ie prendray vos rigueurs, comme en estant bien digne;
Et quelque traitement, que ce cœur puisse auoir,
S'il m'est encor permis, de seruir, & de voir,
Comme c'est obtenir la fin de mon enuie,
Ie beniray le coup, qui m'ostera la vie.

Aussi veux-ie la perdre, en ce bord estranger,
Pour tirer vos beautez, d'vn extreme danger:
Et si i'en viens a bout, ainsi que ie le pense,
L'honneur de vous seruir, sera ma recompense:
Qu'vn autre plus aimé; possede vos appas,
Leandre qui mourra n'en murmurera pas:
Il veut vous estimer, aussi iuste, que belle,
Et s'estimer heureux, ayant esté fidelle.

LEONISE.

Cesse de m'affliger, & de me resiouyr;
Ta voix rauit mes sens, & ie ne puis l'ouyr:
Ta vertu me fait honte, en esleuant ta gloire;
Ton œil qui plaist aux miens, tourmente ma memoire:
Et ta fidelité, quoy que pleine d'appas,
Semble dire à mon cœur, que ie ne la vaux pas.
C'est en vain auiourd'huy, que ton discours me flate;
En t'apellant constant, tu me nommes ingrate;
Et le mesme penser, qui me parle de toy,
Me remet dans l'esprit, mon erreur, & ta foy.
Mon cœur se ressouuient, qu'il s'est laissé surprendre;
Qu'il prefera Pamphile, au genereux Leandre;
Et ce dur souuenir, esgalle son tourment,
Auecques tes vertus, & mon aueuglement.
Mon cœur se ressouuient, pour me rendre affligée,
Que ie n'ay qu'vne foy, que l'on tient engagée,

Et que

Et que cette parole, ou plustost cette loy,
M'oste la liberté, de disposer de moy.
Mais si le tien s'aigrit, contre ma tirannie,
Vois en voyant ces fers, comme i'en suis punie;
Et si tu vis encor auec ton amitié,
Desarme ta colere, escoute la pitié;
Ne me reproche rien, n'accuse, ny ne blame;
Ie connois mon erreur, i'en ay l'image en l'ame;
Et si tu pouuois voir, ce que le temps a fait,
Ie sçay que ton esprit en seroit satisfait.
Mais ce n'est point icy, que i'en doibs rendre compte;
Accorde cher Amant, le silence à ma honte;
Mon teint te dit assez que ie souffre du mal;
Parois Amant discret, comme Amant liberal;
Et sois content de voir, apres ma resistance,
Que qui connoist sa faute, à de la repentance.

LEANDRE.

Je vous l'ay desia dit, i'aime sans interest:
Mon cœur obeyssant, veut tout ce qui vous plaist.
Et ie ne me propose, au dessein que ie tente,
Que de vous rendre heureuse, en vous rendant contente.

LEONISE.

Mais escoute vn effect de ta perfection;

La femme du Cadi, pleine de paßion,
M'a fait dire auiourd'huy, que i'aprenne à Leandre,
Que le feu de ses yeux, l'a va reduire en cendre;
Fairas tu l'inhumain, mourra t'elle d'amour?

LEANDRE.

Et le mesme Cadi, me commande en ce iour,
De sçauoir si vos yeux, sont touchez de sa peine;
Doit il mourir d'amour? fairez vous l'inhumaine?

LEONISE.

Que me conseilles tu?

LEANDRE.

Que me conseillez vous?

LEONISE.

D'aimer,

LEANDRE.

D'aimer außi:

LEONISE.

Qui, cét obiet si doux?

LEANDRE.

Quoy, ma nouuelle Amante?

MAHAMVT.

O quel sujet de rire!
Les fidelles agents, pour vn cœur qui soupire!

LEANDRE.

Bizarre effect du sort, qui fait rire, & qui nuit,
Si dans ce labirinthe, Amour n'est bien conduit!
Ton conseil, est le fil qu'il faudra que l'on suiue:

MAHAMVT.

La femme (à ce qu'on dit) estant vindicatiue,
Gardons de l'irriter, en la tirant d'erreur,
Crainte que son amour, ne se change en fureur,
Et qu'apres sa fureur, ne se change en vangeance:

Trompez donc ces desirs, flattez son esperance:

LEONISE.

Et ce nouuel Amant?

MAHAMVT.

Comme il n'est pas si fin
Vn dessein different, aura la mesme fin;
Laissez moy le soucy, de conduire la chose:

LEANDRE.

C'est sur ton seul esprit, que le mien se repose.

MAHAMVT.

Allons, separez vous, ne perdons point de temps;
Si le sort est pour nous, ie vous rendray contents.

LEONISE.

Separons nous Leandre,

LEANDRE.

O le facheux remede!

Puis qu'il faut vous quiter, ie hay celuy qui m'aide:
Helas, mon protecteur, deuient mon aſſaßin:

MAHAMVT.

C'eſt ainſi qu'vn malade, outrage vn Medecin:
Mais le remede amer, malgré cette colere,
Ne laiſſe pas d'agir, & d'eſtre ſalutaire,
Et le malade apres recouurant la raiſon,
Doibt apeller Nectar, ce qu'il nommoit Poiſon.

ACTE IV.

HALI, MVSTAPHA, RODOLPHE, PAMPHILE, LEONISE, HALIME, LEANDRE, MAHAMVT, HAZAN, IBRAHIM,

SCENE PREMIERE

HALI, MVSTAPHA.

HALI.

IL est vray Mustapha, ie suis vn temeraire:
I'offence le Sultan, i'irrite sa colere;
En commettant ce crime, il me faudra perir;
Mais n'importe; ie veux le commettre, & mourir.

Ie mesprise les maux, qui suiuent les delices;
Ie marche sans frayeur, au bord des precipices;
Et pourueu que mon cœur, s'esleue à ce plaisir,
Ma cheute deuiendra la fin de mon desir.
Cette diuine Esclaue, est si rare, & si belle,
Que tout cœur genereux, doibt tout oser pour elle:
Et comme aucun mortel ne peut la meriter,
C'est par la seule mort, qu'il la faut acheter.
Cesse donc d'opposer tes conseils, à mes flames:
La peur n'esbranle point les genereuses ames;
Ou le danger est grand, la gloire l'est aussi;
Et souuent les hardis, n'on pas mal reussi.
Pour me pouuoir donner vn aduis qui me plaise,
Donne moy les moyens d'amortir cette braise,
Ouy, songe à ma douleur, pour la faire finir,
Et ne regarde point, ce qui peut aduenir.
L'amour & la sagesse, estant incompatibles,
Ne nous attachons pas aux choses impossibles.
Prenons les biens presents, taschons de les auoir;
Et puis laissons au sort, son absolu pouuoir.
Qu'il dispose à son gré, du reste de ma vie,
I'auray tout obtenu, si i'obtiens mon enuie:
Parle donc cher Amy, de l'obiet de mes vœux,
Mais si tu doibs parler, parle comme ie veux.

MVSTAPHA.

Puis qu'enfin la raison est si mal escoutée,

Et que mesme la Parque, est si peu redoutée,
Voicy le seul conseil, ou ie voy quelque iour,
Pour faire que la Mort, ne suiue pas l'Amour.
Prenez vostre despesche; & sortant de la ville,
Doublez le premier cap, du riuage de l'Isle,
Là, tenez vous couuert: & lors que le vaisseau,
Qui doibt dans le Serrail, mettre vn obiet si beau,
Passera deuant nous, abandonnez la roche,
Et faites à l'instant que le vostre l'accroche:
Combatez en Amant, à qui tout est permis,
Et traictez vne fois les Turcs en ennemis.
Car ceux que ie commande, & de qui ie dispose,
Afin de vous seruir, oseront toute chose:
Apres, comme leur crime, au nostre sera ioint,
De peur du chastiment, ils n'en parleront point.
Mais estant le plus fort, ainsi que ie l'espere,
Il faut couler à fond, & Soldats, & Gallere,
Et puis dans quelque temps, leurs Amis affligez,
Penseront que la Mer les aura submergez:
De cette sorte enfin, sans danger, & sans honte,
Vous serez le vainqueur, de l'objet qui vous dompte:
Voila, tout le conseil, que ie vous puis donner;
Et maintenant Seigneur, c'est à vous d'ordonner.

HALI.

Fidelle Mustapha, quel bon demon t'inspire!

Ton

Ton conseil va sauuer, vn Amant qui soupire;
Mais sans perdre le temps, en discours superflus,
Prenons cette depesche, & ne differons plus.
Icy l'amour est ioint, auec l'impatience:
Et la fortune encor, veut de la confiance.
Toutesfois, il vaut mieux les attaquer plus loing:

MVSTAPHA.

Non, croyez moy, Seigneur, il n'en est pas besoing:
Et vous debuez presser, cette affaire importante:
Le vent est inconstant, & la mer inconstante:
Vn orage impreueu, qui vous peut separer,
Vous oste pour iamais, le moyen d'esperer:
Vne seconde ruse, assure la premiere:
Feignez d'estre Chrestien, arborez sa Banniere:
Ainsi vous tromperez, ceux qui vous pourroient voir.

HALI.

O Dieu pour te payer, ay-ie assez de pouuoir!

SCENE II.

RODOLPHE, PAMPHILE,

RODOLPHE.

MA fille est en ces lieux, & vous l'auez trouuée!
Ne me direz vous point, comme elle est arriuée?
Ha ne me flatte pas, espoir trop tost conceu,
Si pour me deceuoir, son œil s'estoit deceu!

PAMPHILE.

Si ie me suis trompé, i'ay besoin d'Ellebore:
Il n'est rien de pareil, à l'objet que i'adore:
Je la connois trop bien; & ce q'elle m'a dit,
N'en laisse pas douter, mon esprit interdit:
Mais la voicy venir, allez, ie me retire,
Parce que ie le doibs, puis qu'elle le desire.

SCENE III.

RODOLPHE, LEONISE, RODOLPHE.

A ma fille est-ce vous?

LEONISE.

O Dieu l'estonnement,
S'oppose dans mon cœur, à mon contentement!
Mon Pere, est il certain que le Ciel pitoyable,
Ait fait en ma faueur, vn miracle incroyable?
Est-ce vous que i'embrasse? ô celeste pouuoir,
C'est de toy que ie tiens l'honneur de le reuoir:
Apres vn tel plaisir, cruelle seruitude,
I'ay tort de murmurer, tu n'as plus rien de rude:
Ciel, qui guides le cours de ses ans & des miens,
Ie benirois mes fers, si tu rompois les siens.

RODOLPHE.

Et ie mourrois content, si ce reste de vie,
Pouuoit te redonner ta liberté rauie.

LEONISE.

Cher Peres, dite moy par quel estrange sort,
Vn Astre infortuné, vous ameine en ce port?

RODOLPHE.

Apres que la tempeste, aux costes de Sicile,
Eut separé de toy, ton Pere, auec Pamphile,
Nous errasmes long-temps, à la mercy des flots,
Qui surmontoient l'effort, & l'art des Matelots;
Mais enfin ces fureurs estant diminuées,
Et l'esclat du Soleil, dissipant les nuées,
Chipre nous apparoit, & le Corsaire alors,
S'approche, & moüille l'anchre, en ces aimables bords:
Là, deuant que partir, cette ame mercenaire,
Par vn lasche traffic, qui leur est ordinaire,
Nous vendit l'vn & l'autre, au Cadi de ces lieux:
Mais toy, par quel chemin la colere des Cieux,
Aimable & chere fille, autant qu'infortunée,

A t'elle au mesme lieu conduit, t'a destinée ?

LEONISE.

Je vous le dirois bien; mais quelqu'vn vient à nous:
Cher Pere, auec regret, ie m'esloigne de vous:
Mais viuez cependant, auec cette assurance,
Que ie conserue encor vn reste d'esperance,
Et que le haut dessein, qui se trame pour moy,
Sera pour vous aussi:

RODOLPHE.

Ma fille, ie le croy.

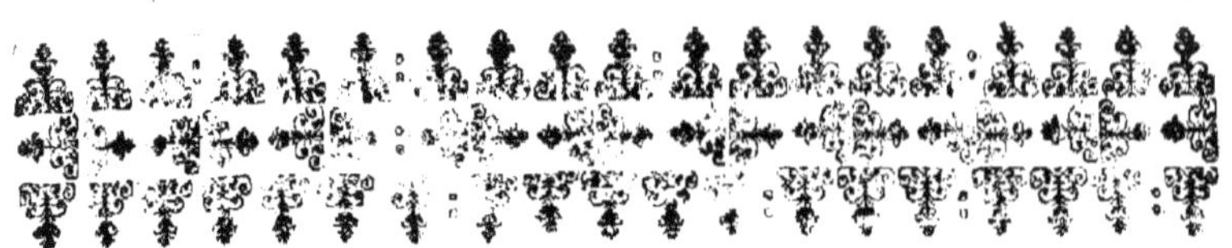

SCENE IV.

HALIME, LEONISE,

HALIME.

Eul apuy de l'espoir qui conserue ma vie,
Mon ame desplait elle, à l'œil qui la rauie?
Sans prendre aucune part, au feu qu'il a causé,
Vn cœur qui s'est offert, sera-t'il refusé?
Parle, & ne flate point ma pauure ame incertaine:

LEONISE.

Si vous souffrez du mal, il n'a pas moins de peine;
Iamais vn feu d'amour, ne fut mieux allumé:
Il aime pour le moins, autant qu'il est aimé;
Tant d'ardeur, tant de flame, à paru dans sa veuë.

Que mesme à son abord, ie me sentois esmeuë:
Ie partageois sa ioye, & voyant son desir,
Mon cœur indifferent, n'estoit pas sans plaisir.
I'ay veu que mon discours, le remplissoit de gloire,
Et que iamais vainqueur, apres vne victoire,
Ne reuint plus superbe, & d'vn front plus contént,
Que ce vainqueur vaincu, s'est fait voir à l'instant.
Il aime, assurement, croyez à ma parole:

HALIME.

Que ta voix me soulage, & qu'elle me console:

LEONISE.

Plustost qu'elle te trompe, en ne te mentant pas:
Mais que ces yeux charmants, redoublent leurs appas;
Afin de s'assurer leur conqueste nouuelle,
Madame, le voicy; feignez bien aupres d'elle.

SCENE V.

LEANDRE, HALIME, LEONISE.

LEANDRE.

Venez donc escouter vn entretien si doux,
Ce que ie luy diray, ne sera que pour vous.
L'œil qui m'assuiettit, & qui me rauit l'ame.
Peut-il causer vn feu, sans en bien voir la flame?
Et comme il est diuin, vn si puissant vainqueur,
Ne voit-il pas l'ardeur, qu'il fait naistre en vn cœur?
Peut-il auoir douté, de celle de Leandre,
Luy qui Soleil d'amour, met vn Phenix en cendre?
Non, non, qu'il se regarde, & voyant ses appas,
Ie suis bien assuré, qu'il n'en doutera pas.
Prés d'vn si rare obiet, l'ame la plus farouche,

Se

Se laisseroit toucher, au beau traict qui me touche;
Deuant luy tout esprit doit m'accorder ce point;
Qu'il faut estre sans cœur, si l'on ne le perd point.
Que toutes les beautez, que l'vniuers adore;
Que le front du Soleil, & celuy de l'Aurore;
Que l'esmail, dont les fleurs ont vn lustre riant,
Que ces pierres de prix, que forme l'orient,
S'opposent à l'obiet, qui regne en mes pensées,
Vn seul de ses regards, les peut rendre effacées:
Iugez apres cela, si le cœur d'vn mortel,
Peut voir vn si beau Dieu, sans en estre l'Autel:
Non, non, luy resister, est vn acte impossible,
Et ie deuois l'aimer, n'estant pas insensible.
Aussi ie vous proteste, & vous iure la foy,
Que cette affection que vous auez pour moy,
Ne sçauroit augmenter celle que i'ay conceuë;
Et si vous le croyez, vous estes bien deceuë;
Car dans l'estat de gloire, ou ie suis en ce iour,
Vous me verrez ingrat, pour auoir trop d'amour.

HALIME.

Si l'excez de plaisir, deroboit la lumiere,
Cette heure, ou ie t'entends, deuiendroit ma derniere;
Cher Esclaue, ma voix ne trouue point d'accents,
Qui puissent exprimer, l'aise que ie ressents:
Mais ne trompes tu point vne Amante credule?

LEANDRE.

I'aime, ou plustost i'adore,

HALIME.

Auec ardeur?

LEANDRE.

Ie brusle.

HALIME.

Et seras tu constant?

LEANDRE.

Le terme de mes iours,
Pourra seul deuenir, celuy de mes amours.

HAILME.

Oseray-ie le croire?

LEANDRE.

Estant si veritable,
Nulle incredulité, ne seroit raisonnable.

HALIME.

Quoy, tant d'autres obiets que l'on voit en ces lieux...

LEANDRE.

Vn seul peut arrester, & mon cœur & mes yeux.

HALIME.

Iure le,

LEANDRE.

Ie le fay:

SCENE VI.

MAHAMVT, LEANDRE, LEONISE, HALIME,

MAHAMVT.

Eandre,

LEANDRE.

Qui m'apelle?

MAHAMVT.

Ton Maistre te demande:

HALIME.

O fortune infidelle,

Tromperas tu souuent vn cœur remply d'espoir?
Ie te quite; & bien-tost ie viendray te reuoir.

MAHAMVT.

N'ay-ie pas sceu banir, celle dont on se mocque?

LEANDRE.

De vray, ie commençois à manquer d'equiuoque,
Tu m'as fort obligé, de la tirer d'icy:

LEONISE.

Vostre desguisement, à si bien reussi,
Que i'y trouue suiet de douter & de craindre,
Car peut on s'assurer à qui sçait si bien feindre?

LEANDRE.

Quand c'est pour vous seruir, i'ose, fais, & peux tout;
N'estant difficulté, dont ie ne vienne à bout.

LEONISE.

Mon Pere est en ces lieux, & l'auare Pamphile,

Esclaues comme vous du Cadi de ceste Isle,
De grace en m'obligeant, seruez l'vn auiourd'huy,
Et ne songez à moy, qu'en prenant soin de luy.

LEANDRE.

Madame, l'vn & l'autre, auront par nostre adresse,
Le moyen de sortir des riuages de Grece,
Ou i'y perdray le iour:

LEONISE.

Ayez moins de pitié,
N'entreprenez pas tant suffit de la moitié.

LEANDRE.

Non Madame, Leandre acheuera la chose,
Et comme il le doit faire, & comme il le propose.

MAHAMVT.

Ne perdons point icy des momens precieux.
Allons voir nostre Amant aussi fou qu'il est vieux:

LEONISE.

Vostre discours me fache:

LEANDRE.

Il est iuste Madame,
Il fait voir mon respect, en vous cachant ma flame.

SCENE VII

HAZAN, IBRAHIM,

HAZAN.

OUy, si vous m'accordez le plaisir de la voir,
Tout ce que ie possede, est en vostre pouuoir:
Ie vous offre mon bien, ie vous ouure ma bource;
Elle sera pour vous, comme vne viue source;
Si vous fauorisez mes amoureux dessains,
Cent mille Aspres d'abord, tomberont dans vos mains.

Enfin, en aprouuant cette amoureuse enuie,
Comme de mes thresors, disposez de ma vie;
Vn silence Eternel, couurira ce secret:

IBRAHIM.

M'oses tu bien tenir ce propos indiscret?
Insolent, souuiens toy pour conseruer ta teste,
Que i'aproche l'Autel, de nostre grand Prophete
Mais puis que le projet que tu formes icy,
Offence le Prophete, & le Sultan aussi,
Le dernier aprenant ton audace effrontée,
Te sçaura bien donner la peine meritée:
Sa Hautesse sçachant tout ce que tu me dis,
Te rendra (malheureux) la terreur des hardis.
Ouy, ie luy manderay quelle est ton insolence,
Et rien pour ce suiet, n'obtiendra mon silence.

HAZAN.

Monstre malicieux, lasche & fin animal,
Toy qui fais le censeur, tu deuiens mon riual!
Autrement, l'auarice ou ton ame est encline,
Donneroit à mes vœux, cette beauté diuine:
Mais sçaches malgré toy, que mon cœur l'obtiendra,
Par force ou par adresse, ou qu'Hazan se perdra.

IBRAHIM.

IBRAHIM.

Que le stupide est loing, d'assouuir son enuie!
Donner pour de l'argent celle qui tient ma vie!
Je prefere le bien qu'on trouue en la seruant,
A l'or que le Soleil forme en tout le Leuant.
Mais voicy mes Agents sçachons si cette belle,
Joinct a tant de douceur, le tiltre de rebelle.

SCENE VIII.

MAHAMVT, LEANDRE, IBRAHIM,

MAHAMVT.

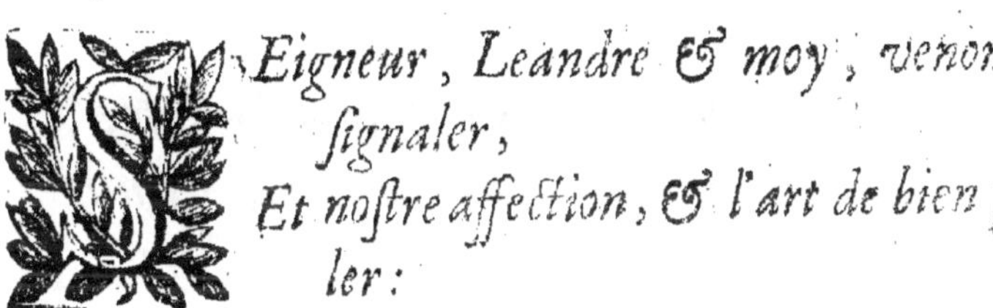

Eigneur, Leandre & moy, venons de signaler,
Et nostre affection, & l'art de bien parler:
Mais enuers vn rocher, cet art est sans amorce;
Si bien que vostre espoir ne git plus qu'en la force;
Elle seule Seigneur, desormais peut aider;
Ouy, vous deuez contraindre, & non persuader.

LEANDRE.

Que dit ce malheureux?

IBRAHIM.

Helas est-il poßible?
As tu sceu les raisons qui la font insensible?

MAHAMVT.

Mon esprit balançant sur vn point si douteux,
Entre mille raisons, semble pancher vers deux:
L'vne, que son humeur peut estre luy conseille,
Qu'aux charmes de nos voix, elle ferme l'oreille,
Comme on dit qu'vn serpent resiste à l'Enchanteur,
Et qu'enfin la vertu, surmonte l'Orateur.
L'autre, que du Serrail la grandeur esclatante,
En touchant son esprit, s'oppose a vostre attente;
Ainsi, soit l'vne ou l'autre, on n'en doit esperer,
Que le bien que par force on en pourra tirer.

LEANDRE

Ces mots me font mourir!

IBRAHIM.

O la dure contrainte!
Mon amour y consent, mais non fait pas ma crainte;
Le pouuoir du Sultan, a nul autre pareil,
Me montre vn precipice, en suiuant ce conseil;
C'est me perdre en vn mot, que l'ozer entreprendre.

MAHAMVT.

I'ay des armes en main, qui vous pourront deffendre.

LEANDRE.

Ie suis au desespoir:

MAHAMVT.

Escoutez seulement,
Comme vn esprit adroit, trouue tout aisement.

LEANDRE.

Bon Dieu, que dira-t'il! que ma peur est extreme!

MAHAMVT.

Faignez donc par respect, de conduire vous mesme,
L'Esclaue au grand Seigneur, & sur vn Brigantin,

Sans tarder plus long temps, partez des le matin:
En suite, une heure apres, dittes deuant la Troupe,
Que l'Esclaue malade, en la chambre de poupe,
Desire aller à terre, afin que loin du bruict,
Dessous un pauillon elle passe la nuict.
La, suiui seulement d'une bande fidelle,
Qu'on estrangle à l'instant, un forcat au lieu d'elle;
Qu'on le iette en la mer du plus haut des rochers,
Pour suiure exactement l'usage des Nochers:
Qu'on alle dire en suitte à la Troupe estonnée,
Que par l'arrest du Ciel, & de la destinée,
La belle Esclaue est morte, & que deux Matelots,
Viennent de la ietter, dans le milieu des flots.

LEANDRE.

O l'estrange discours!

MAHAMVT.

L'excuse legitime,
Dans l'esprit du Sultan, vous descharge de crime:
Et lors, pendant la nuict, qu'on la meine au Chateau,
Que vous auez (Seigneur) à trois mille de l'eau;
La, dans la liberté d'un seiour Solitaire;
Vous viendrez bien a bout, de cette humeur austere.

LEANDRE.

Ie n'en puis plus souffrir:

IBRAHIM.

Mais est t'on asseuré
Qu'elle feigne pour nous, ce mal inespere?

MAHAMVT.

Par vn discours subtil, elle sera surprise,
Disant que cette feinte, aporte sa franchise.

LEANDRE.

Vn Demon le possede!

IBRAHIM.

Et l'Esclaue tué,
Apres que ce grand coup seroit effectué,
En ne paroissant plus, me pourroit mettre en peine?

MAHAMVT.

Nullement; cette crainte est ridicule & vaine,
L'iniure, la menace, & la frayeur des coups,
Auront brisé ses fers pour l'esloigner de vous.

IBRAHIM.

Mais le Fort des Chrestiens, si proche du riuage,
Pourroit dedans le port, nous causer le nauffrage:

MAHAMVT.

Moins en cor; vous sçauez que depuis onze mois,
Que cette Isle superbe, obeit à nos loix,

Aucun hors de ce Fort, n'a fait vne sortie:
Ainsi vostre frayeur, doit estre diuertie.
Ceux qui n'ont de soldats, que pour se garantir,
De l'enclos des ramparts, n'ont garde de sortir:
Et voyant le vaisseau, mis à l'anchre à la rade,
Ils craindront la surprise, ou craindront l'escalade;
De sorte qu'en cecy, vous ne hasardez rien,
Et fort peu de trauail, vous apporte vn grand bien.

IBRAHIM.

C'est fait, ie m'y resouds, tout me semble facile:

MAHAMVT.

Vos Esclaues (Seigneur) & Rodolphe, & Pamphille,
Qui sont de mes Amis, nous presteront la main:

IBRAHIM.

Prends les, ie me dispose à partir des demain,
Et i'y vay donner ordre:

MAHAMVT.

Allez:

LEANDRE.

Helas perfide;
Vois quel est le chemin, ou ton conseil nous guide:

Quoy, vers Constantinople, il adresse nos pas!
Ie le voy, ie l'entends, & ie ne mourray pas!
Et bien plus, cét infame auec son artifice,
Trompe des innocens, & les liure au suplice:
Mais que d'aueuglement, à mon malheur est ioint,
D'esperer de la foy, de ceux qui n'en ont point!
Quel intrigue confus, embarasse le traistre?
Ou s'en trouue le nœud? qui le pourroit connaistre?
Ha ma raison s'esgare, à me le figurer,
Et ie me trouue au point, de me desesperer.
Helas fidellité, si rare entre les hommes,
On ne te connoist plus, dans le siecle ou nous sommes:

MAHAMVT.

Peut on croire en effet, ce qu'on void en ces lieux,
Qu'vn si fidelle Amant, ait de si mauuais yeux!
Quoy, vous ne voyez pas que la chose est conduite,
Au point que mon esprit vous assure la fuitte?
Que ie vous liure vn homme, & foible, & sans suport?
Et vous marque vn azile, en vous parlant du Fort?
Certes, ie suis payé d'vne bizarre sorte,
Des peines que ie prends, & du soin que i'aporte
A vous rendre content:

LEANDRE.

Pardonnne cher amy,
Au foible iugement, qui s'estoit endormy:

Ie connois mon erreur, außi bien que ton zelle:
Ie me trouue indiscret, & ie te voy fidelle;
Mais l'excez de l'amour, & l'excez du danger,
M'ostent la liberté, de voir, et de iuger;
Excuse cette erreur, ma douleur l'a commise:

MAHAMVT.

Vallons s'il est poßible, & trouuons Leonise,
Afin de l'aduertir de tout ce qu'on a fait:

LEANDRE.

Dieu fais que ce dessain, puisse auoir son effet.

MAHAMVT.

Hastons nous la nuict vient, & le iour se retire,
Qu'elle scache à l'instant ce que ie luy veux dire,
Vn Esclaue la nuict (quoy qu'il soit bien traicte)
Dans la maison des Turcs, n'a point de liberté.

SCENE IX

IBRAHIM, HALIME,

IBRAHIM.

*E respect du Sultan, me porte, & me conuie,*
A conduire l'Esclaue, au peril de ma vie.

HALIME.

Puisse tu sur les flots, rencontrer le tombeau:

IBRAHIM.

Que dis tu?

HALIME.

Que mes vœux vous sauueront de l'eau.

IBRAHIM.

Obliger sa Hautesse, est vn grand aduantage:

HALIME.

Pour moy, bien qu'à regret i'aprouue ce voyage;
Qui vous suiura?

IBRAHIM.

Leandre, accompagné de trois.

HALIME.

Ie m'estonne pourtant, que vous faites ce choix,
Cet Esclaue nouueau, rendra peu de seruice:

IBRAHIM.

Il à beaucoup d'esprit:

HALIME.

Ou beaucoup de malice:
Il est si glorieux, qu'à peine on pourra voir,
Que cet esprit hautain, se range à son deuoir:

IBRAHIM.

Sa personne me plaist:

HALIME.

Parce qu'elle est nouuelle.
Estes vous asseuré qu'il vous sera fidelle?

IBRAHIM.

Le temps me l'aprendra:

HALIME.

Laissez moy le soucy,
Obseruant son humeur, de l'esprouuer icy.

IBRAHIM.

Ne m'importunez plus d'vne dispute vaine,
Pour vous en deliurer, i'en veux prendre la peine.

HALIME.

Espoir qui viens de naistre, & qui meurs en vn iour,
Seul bien des mal-heureux, qui languissent d'amour,
Belle ombre, qui t'enfuis, lors qu'on pense t'estraindre,
Ne m'as tu fait plaisir, que pour me faire plaindre?
Ne viens tu deuers moy, qu'afin de me laisser?
Et ne m'esleues tu, qu'afin de m'abaisser?

O songe deceuant, par qui l'ame s'abuse,
Pourquoy m'accordes tu, ce que l'on me refuse?
Leandre va partir, on me l'a tesmoigné,
Ie le voudrois cruel, aussi bien qu'esloigné,
Quand on est sans espoir, on est tousiours sans crainte;
Mais de tous les costez, i'ay des suiets de plainte:
Car enfin cher espoir, apres mes biens rauis,
En sentant que ie meurs, ie sents bien que tu vis:
Et mon ame incertaine, en sa gloire rauie,
Ne sçait que desirer, ou la mort, ou la vie.
Ciel, qui faictes mon sort, & qui le connoissez,
Si les traits de l'amour, doibuent estre effacez,
Au cœur de mon Leandre, en cette longue absence,
Puis que ie doits perir, si i'en ay connoissance,
Accordez, accordez, la mort à mon amour,
Et que mon ame enfin, parte auant son retour.

ACTE V.

HALIME, SVLMANIRE, SARRAIDE, HALI, HAZAN, IBRAHIM, LEONISE, MAHAMVT, LEANDRE, RODOLPHE, PAMPHILE, LELIE, Troupes de Ianissaires.

SCENE PREMIERE.

HALIME, SVLMANIRE, SARRAIDE,

HALIME.

FVreurs qui possedez vne Amante abusée,
Cruels ressentiments de se voir mesprisée,
Colere, desespoir, rage, honte, & douleur,
Ioignez vous pour me perdre, en ce dernier malheur:

Ayez un grand combat, disputez en la gloire;
Et faites de ma mort, le fruict de la victoire:
Plus vous serez cruels, plus vous me serez doux;
Et nul de mes souspirs, ne se plaindra de vous.
Esprits qui murmurez, quand la personne aimée,
Enflame vostre cœur, & n'est point enflamée,
Bien que vous adoriez un obiet rigoureux,
Aupres de mon malheur, que vous estes heureux!
Vous souffrez (il est vray) de son ingratitude,
Mais la douleur en vous, se tourne en habitude,
Ou le mal qui surprend, ne peut estre exprimé,
Quand on se voit haïr, & qu'on se croit aimé.
Ce changement estrange, autant qu'insuportable,
Est un suplice affreux, qui n'a point de semblable,
Il est pire cent fois, que les feux & les fers,
Et c'est tomber du Ciel, au milieu des Enfers,
C'est passer promptement, de la flame à la glace,
C'est vivre, c'est mourir, en une mesme place,
Et pour mieux exprimer un si cruel tourment,
C'est aimer & haïr, en un mesme moment.
Helas, tel est mon sort, telle est mon aduanture:
Ce cruel qui s'en va, me met à la torture,
Bien loing de partager, un mal si furieux,
I'ay veu que l'allegresse, à paru dans ses yeux.
Et lors qu'il est rauy, de ce qu'il m'abandonne,
Ie hay sa lascheté, mais i'ayme sa personne:
Ie deteste son crime, & mon ame le suit;

Ie hay celuy que i'ayme, & i'ayme qui me nuit;
Ainsi mon triste cœur, frappé d'vn coup de foudre,
Balance entre les deux, & ne se peut resoudre:
Je m'apperçoy qu'il hayt, ie sents qu'il aime aussi;
Et tousiours plus confus, il vit & meurt ainsi.

SVLMANIRE.

Si vous voulez enfin que la raison vous aide,
De vostre propre mal, tirez vostre remede:
Et parmy les accez, qu'il vous fait ressentir,
Connoissez vostre erreur, pour vous en repentir.

SARRAIDE.

Si vous voules enfin que la raison vous aide,
De vostre propre mal, tirez vostre remede:
Comme il est inconstant, ayez l'esprit leger,
Changez le pour vn autre, afin de vous vanger.

SVLMANIRE.

Considerez vn peu quel conseil est le vostre!
Ne sortir d'vne erreur, que pour entrer en l'autre!
Puis que par ce conseil, qui la veut secourir,
Elle change de mal, au lieu de se guarir.

SARRAIDE.

Confiderez vn peu quelle erreur eft la voftre!
D'ignorer qu'vn poifon, fe chaffe par vn autre!
Et que pour n'aimer plus les moyens les meilleurs,
Sont de changer d'obiet, & s'engager ailleurs.

SVLMANIRE.

Ouy, mais c'eft fe vanger, d'vn crime, par vn crime;
Se feruir d'vn moyen, qui n'eft pas legitime:
Et ie tiens que l'oubly, dans le mal qu'elle fent,
Seul, luy pourra donner, vn remede innocent.

SARRAIDE.

Pour vn cœur offencé ie crois tout legitime;
Qu'elle fe vange donc, d'vn crime, par vn crime:
Ouy, ie veux comme vous, qu'elle oublie en ce iour.
Et pour mieux oublier, qu'elle ait vne autre amour.

HALIME.

En l'eftat deplorable ou ie voy ma fortune,
Le vice eft la vertu, me chocque & m'importune:
Allez, retirez vous, vos confeils differents,

S'accordent

S'accordent en cela, qu'ils me sont des tyrans.
O toy qui fais ma peine, aimable & cher Leandre,
Si quelque repentir te peut vn iour surprendre,
Pour venir mettre fin, à des maux infinis,
Puisse auoir ton retour, les flots tousiours vnis:
Que ny vents ny rochers, ne te soient point nuisibles,
Que les vns soient bien loing, & les autres paisibles;
Afin que renoüant nos amoureux liens,
Tu viennes acheuer, tes trauaux & les miens.
Mais si ta cruauté, me fait encor la guerre,
S'arme pour te punir, & la mer, & la terre,
Qu'entre mille rochers, se brise le vaisseau;
Que ton corps malheureux, n'ait iamais de Tombeau,
Qu'il erre au gré du vent, comme vne chose immonde,
Que refuse la terre, & que reiette l'onde:
Et qu'vn Monstre marin! ô trop lasche vainqueur,
Afin de me vanger, te deuore le cœur.

P

SCENE II.

HALI, MVSTAPHA,
Troupe de Ianissaires.

HALI.

*Ls ont quité la Mer, & c'est ce qui m'e-
stonne!*

MVSTAPHA.

N'importe, pour frapper la terre est aussi bonne:
Les boix comme les flots, suffiront à cacher,
Ceux que nostre valeur, aura fait trebucher.
Aduancez compagnons, couurez vous de ces Arbres,
Et ne parlez non plus que parleroient des marbres:
Ne faites aucun bruit, i'impose cette Loy;
*Mais quand ie donneray, qu'on donne auecques
moy.*

HALI.

Le Cadi vient icy finir son insolence:

MVSTAPHA.

La main au Cimeterre, & qu'on garde silence.

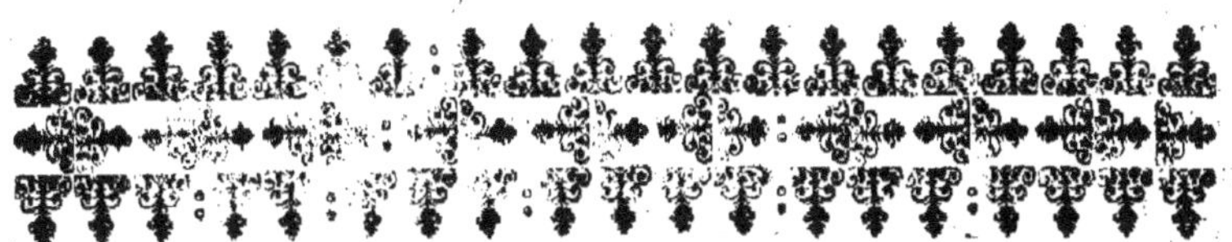

SCENE III.

HAZAN, Troupe de Ianissaires.

HAZAN.

CE grand Nauire armé, que i'auois fait cacher,
Dans l'autre bout de l'Isle, à l'abry d'vn rocher,
Ne me seruira point, puis qu'ils viennent à terre,
Ainsi plus promptement, s'acheue nostre guerre:

Il faut parmy ces bois leur donner le trespas,
Et sans paroistre esmeus, retourner sur nos pas,
Comme si nous venions d'vne chasse ordinaire:
Ayant mis cette Esclaue, en vn lieu solitaire,
Compagnons, c'est par vous que i'espere auiourd'huy,
Me rendre vainqueur d'elle, & me vanger de luy:
Que si vostre valeur, en secondant la mienne,
Fait que cette beauté, soit vn prix que i'obtienne.
Disposez franchement, de mon bien & de moy,
L'vn & l'autre est a vous, i'en engage ma foy:
Mais ce foible ennemy, ne peut estre que proche:
Mettons nous à couuert de cette grande roche,
Il donnera bien-tost dans le piege tendu,
Il est à nous Soldats, ie l'ay bien entendu.

SCENE IV.

IBRAHIM, LEONISE, HALI, HAZAN, LEANDRE, MAHAMVT, RODOLPHE, PAMPHILE, Troupes de Ianissaires, LELIE.

IBRAHIM.

Voyez comme i'estime, en voyant comme i'ose:
Remarquez le danger ou le Cadi s'expose,
Pour rompre enfin vos fers; & vostre œil pourra voir,
iusqu'où va mon amour: iusqu'où va son pouuoir.

LEONISE.

Seigneur vostre bonté qui me sauue & me flatte,
Oblige vne Captiue, & non pas vne ingrate,

Qui veut vous tesmoigner, que l'honneur excepté,
Son ame despendra de vostre volonté.

HALI.

Main basse Compagnons:

HAZAN.

Donnons:

LEANDRE.

Quelle surprise:
S'en est fait Mahamut, nous perdons Leonise:

LEONISE.

La fortune Leandre, est moindre que l'Amour,
Sois seur si tu la perds, qu'elle perdra le iour.

IBRAHIM.

Donc perfide Hali, ton audace effrontée,
Iusques au dernier point à la fin est montée?
Quoy, tu viens pour rauir, le bien de ton Seigneur,
Luy qui tient en ses mains, tes iours, & ton honneur?
Lasche & traistre Hasan, quelle audace est la tienne?

Oses tu regarder cette Esclaue Chrestienne?
Je la meine au Sultan, elle est pour ses plaisirs,
Et ton cœur temeraire, en conçoit des desirs!
Et toy qui vers la Porte, adresses ton voyage,
Y pourras tu paroistre, apres vn tel outrage?
N'as tu point dans l'esprit, les suplices affreux,
Qui de tant de Bachas, ont fait des malheureux?
O meschant Gouuerneur, crois tu que le silence,
Qui regne dans ces lieux, cache ta violence?
Non, pour la descouurir; ces rochers & ces boix,
Prendroient plustost enfin, des ames, & des voix.
Et vous qui les suiuez, ames trop mercenaires,
Voleurs, & non Soldats, Arabes sanguinaires,
Venez vous esgorger pour eux, vostre Cadi?
Sus donc, leue le bras, le cœur le plus hardi:
Mais apres l'auoir fait, qu'il songe à se resoudre,
A voir tomber sur luy, les quarreaux de la foudre;
Le Prophete la haut, qui voit la trahison,
Vangera son Ministre, opprimé sans raison.

HALI.

Prescheur impertinent, qui fais peur à des femmes,
Crois tu que tes discours, espouuentent nos ames?
Donne, donne l'Esclaue, ou sois seur par ce fer,
D'acheuer ton Sermon, au milieu de l'Enfer.

HAZAN.

C'est de moy que despend ou ta mort, ou ta vie,
Sus donc, sans differer, contente mon enuie;
Ou la main qui t'offroit, son or, & son support,
Liberale tousiours, te donnera la mort.

HALI.

Regarde en persistant en cette frenesie,
Que ces boix escartez, ne sont pas Nicosie;
Qu'icy plus librement, i'abaisse ton orgueil,
Et que la terre est propre, à te faire vn cercueil.

HAZAN.

Dans la ville, à l'armée, en Mer, à la Campagne,
Souuiens toy que par tout, ma valeur m'accompagne:
Et qu'icy comme la, mon bras sçaura punir,
Celuy que le respect ne pourra contenir.

HALI.

Ha c'est trop de discours, c'est trop faire le braue,
Voyons à qui le sort destine cette Esclaue.

IBRAHIM.

IBRAHIM.

Ie ſuis mort:

LEONISE.

O Seigneur, qui vois du haut des Cieux
Fais entre-deſchirer, ces Tigres furieux.

LEANDRE.

Leur nombre eſt amoindry, par ce combat funeſte,
Frapons les deux partis, pour acheuer le reſte,
Courage Mahamut, ce Cimeterre pris,
En armant cette main, raſſeure mes eſprits.
Suiuons les:

MAHAMVT.

Ie le veux:

LEONISE.

O mon ame incertaine,
En ces triſtes moments, que tu ſouffres de peine!
Que ce combat douteux, te cauſe de douleur!
Et que ie me voy prés, d'vn extreme malheur:
Iamais œil affligé, n'eut de ſi iuſtes larmes;
Mon deplorable ſort, balance entre les armes;
Tout ce que ie cheris, eſt parmy les haſars;
Et mon bon-heur deſpend, du caprice de Mars.
Mais que diſie inſensée, au mal qui me transporte?
Celuy qui tient mon ſort, à la main bien plus forte:
Il ſouſtient l'vniuers; & s'il me veut ſauuer,

Nul de tous les malheurs, ne sçauroit m'arriuer:
Aussi, ma volonté, se resigne à la sienne,
Je vis Amante chaste, & veux mourir Chrestienne.

RODOLHE.

Les voycy de retour!

SCENE DERNIERE.

MAHAMVT, LEANDRE,

MAHAMVT.

ET par ses grands efforts,
Nous sommes deliurez, & tous les Turcs sont morts.

LEANDRE.

Apprenons aujourd'huy si l'espoir ou la crainte,

Ont obligé son ame à pousser vne feinte,
Sçachons ses sentimens, ne la contraingnons point;
Et soyons genereux iusques au dernier point.
Ou plustost, sans ceder vne beauté si rare,
Voyons si cet Amant aussi lasche qu'auare,
Seroit capable encor de la temerité,
D'accepter vn present qu'il n'a pas merité.
Quitez indignes fers, cette illustre personne,
Plus digne mille fois de porter la Couronne,
Retournez dans la terre, obiet de mon courroux
Et puisse auoir sa main, vn Sceptre au lieu de vous.
Enfin heureux Amant, nous touchons la iournée,
Ou par vn nœud sacré, d'amour & d'himenée,
Tu t'en vas triompher, & te rendre vainqueur,
De l'obiet le plus beau, qui iamais prit vn cœur.
Ouy, ie viens de combattre, & d'auoir la victoire,
Mais si i'ay combatu, ce n'est que pour ta gloire:
Par le pouuoir du sort, dont ie subis la Loy,
Le fruict de mes trauaux ne peut estre qu'à toy.
Autre-fois sur la Mer, quand on prit Leonise,
I'offris pour te la rendre, & richesse & franchise,
Et ie viens maintenant, de hasarder mes iours,
Poussé du mesme esprit, qui m'anime tousiours:
Mais en cedant l'obiet dont mon ame est rauie,
C'est beaucoup plus que l'or, la franchise, ou la vie,
Et ie crois meriter, le tiltre sans esgal,

Et d'Amant courageux, & d'AMANT LIBERAL.

Reçois (heureux Riual) vn prix inestimable
Aime la (si tu peux) autant qu'elle est aimable;
Reconnois ton bon-heur, & pour la mieux traicter,
Songe qu'aucun mortel, ne peut la meriter.
De moy, si le destin qui s'oppose à ma ioye,
Pour obtenir ce bien, me laissoit vne voye,
A trauers de la flame, on me verroit passer,
Pour prendre cét objet, que ie vay te laisser.
Mais le Ciel en courroux, semble me le deffendre;
Il la fit pour Pamphile, & non pas pour Leandre:
Ouy, cette aduersion qu'elle eut tousiours pour moy,
M'enseigne que le sort, la fit naistre pour toy.
Le nœud qui vous à ioints, ne se pouuant dissoudre,
C'est à moy de mourir, & ie m'y vay resoudre.
Mais mon cœur affligé, ne desirant plus rien,
Cher & diuin objet, vous donne encor mon bien:
Puißiez vous en iouïr, vn long siecle d'années;
Que vos felicitez, ne soient iamais bornées:
Ciel, exaussant ma voix, qui s'esleue pour eux,
Rends les außi contents que ie suis malheureux:
Ha le cœur & la voix, esgallement me tremble:

LEONISE.

Vos faicts, & vos discours, n'ont rien qui se ressemble;

Vostre bras me fait libre, et puis vous disposez;
Ainsi donc i'ay des fers, qui ne sont pas brisez;
Puis que vous me donnez, vous me faites paroistre,
Que Leonise enfin, n'a changé que de Maistre?
Vous me traictez d'Esclaue, auec ma liberté,
Et le bien qu'on me donne, à l'instant m'est osté?
Que si la liberté, m'est encore rauie,
De grace, ou trouuez vous que vous m'ayez seruie?
Et si i'ay ma franchise, encor, par quelle loy,
Prenez vous le pouuoir, de disposer de moy?
Quel meslange confus, de bien faict, & d'iniure,
M'oblige à la loüange, & me porte au murmure?
Pourquoy me resioüir, afin de m'affliger?
Et pourquoy me seruir, pour me desobliger?
Iamais on n'a rien veu, si loing de l'apparence;
Vous monstrez de l'amour, & de l'indifference;
Vous taschez de quiter, l'obiet de vos desirs;
Pour me faire du mal, vous perdez vos plaisirs;
Et par des sentimens, de mespris, & d'estime,
Vous faites vn bel acte, & commettez vn crime.
Pourquoy vous piquez vous, en cette occasion,
De me couurir de honte, & de confusion?
Qu'elle fausse vertu, se trouue enfin la vostre!
Se rendre malheureux, pour enrichir vn autre!
Ne conquester vn bien, qu'afin de le donner!
Ne chercher vn obiet, que pour l'abandonner!
Et par les mouuemens d'vne fureur extreme,

Faire voir qu'on mesprise en faisant voir qu'on aime.
Estes vous vn Amant? ou bien vn ennemy?
Leandre; veillez vous? estes vous endormy?
Est-ce vous qui parlez, ou si ie fais vn songe?
Est ce vne verité? n'est-ce point vn mensonge?
Vous faites vne erreur qui m'estonne si fort,
Que l'esprit & les yeux n'en sont pas bien d'accord.
En vain pour me flatter vous poussez quelques pleintes
Celuy qui veut pleurer, n'a que des larmes feintes;
Qui souffre vne douleur, la pouuant esuiter,
Y trouue assurement dequoy se contenter.
L'homme necessiteux, n'est pas sage s'il donne;
Qui couronne vn Riual, mesprise la Couronne;
Ainsi vous combatez en ce malheureux iour,
D'vne fauce vertu, le veritable amour.
Allez, allez volage, ou vostre humeur vous porte;
Ie veux combattre seule, et ie suis assez forte;
Adioustez le mespris, à tant de maux souffers;
Ie suis Esclaue encor, redonnez moy ces fers;
Ie ne veux receuoir ny Mary, ny franchise;
Vous n'estes plus Leandre, & ie suis Leonise;
C'est à dire vn esprit que l'on ne force pas;
Qui priué de secours, le cherche en son trespas.

LEANDRE.

Ha que cette colere est plaisante à mon ame!

Connoiſſez mieux vn cœur, qui vous connoiſt Madame:
Et qui par cette feinte, à voulu ſeulement,
Voir quel eſtoit ſon ſort, & voſtre ſentiment,
Pluſtoſt que de former la fatale penſée,
D'abandonner l'obiet dont mon ame eſt bleſſée,
Ie ſouffrirois cent fois les rigueurs du treſpas:
Et quand mon intereſt ne me toucheroit pas,
Quand (dis-ie) ce bel œil que mon eſprit adore,
Par ſes meſpris paſſez m'affligeroit encore;
Quand il refuſeroit les offres de mon cœur;
Voudrois-ie le punir auec tant de rigueur:
En matiere d'Amour, ſans regarder vn autre,
Il faut faire ceder tout intereſt au noſtre:
Et comme ie l'ay dit, quand voſtre cruauté,
Eſgalleroit encor, voſtre extreme beauté,
En vous abandonnant au plus laſche qui viue,
Ie rendrois auiourd'huy ma vengeance exceſsiue.
Ainſi ne craignez pas qu'au meſpris de l'amour,
Je vous perde iamais, ſans perdre auſsi le iour:
Non non, ie prends vn bien que ie ſcauray deffendre,
Soyez donc Leoniſe, & ie ſeray Leandre.

LEONISE.

Voſtre cœur ny le mién, ne doibt pas tant oſer,

Car mon Pere present, en doibt ſeul diſpoſer:
C'eſt à luy d'ordonner noſtre forme de viure;
Il connoiſt la raiſon, & la ſçaura bien ſuiure.

RODOLPHE.

Pour ſuiure la raiſon, i'ordonne ſeulement,
Que ma fille auiourd'huy peut agir librement.

LEONISE.

Puis qu'on me le permet .....

PAMPHILE.

N'acheuez pas Madame;
Accordez, accordez cette grace à mon ame;
La diſpute eſt iniuſte, il la faut terminer;
Ne me condamnez point, ie me veux condamner,
Ie ſçay que le deuoir m'ordonne que ie quite;
Leandre eſt auiourd'huy le ſeul qui vous merite,
Comme vous eſtes ſeule en la terre auiourd'huy,
Qui merite les vœux d'vn homme comme luy.
Ainſi viuez contens, Pamphile le ſouhaite,

Soyez

Soyez le digne prix, d'vne amitié parfaicte.

LEONISE.

Puis qu'on n'ordonne pas, ce que vous ordonniez,
Prodigue, veuillez prendre, vn bien que vous donniez.

LEANDRE.

Pour conseruer ce bien, dont mon ame est rauie,
Ie veux estre tousiours prodigue de ma vie.

MAHAMVT.

Le Soleil qui se leue est dessus l'horison,
De sorte qu'en ces lieux ie doute auec raison
Que quelqu'vn du vaisseau ne vienne, ne nous voye,
N'empesche nostre fuite, & trouble nostre ioye.
De crainte de perir, estant si pres du port,
A la faueur du boix, allons gagner le Fort,
Ou nous pourrons trouuer quelque moyen facile,
pour aller seurement iusques dans la Sicile.

LEANDRE.

C'est en ces bords aimez, ou ie pretends vn iour,
Compter tous mes trauaux, & mes plaisirs d'amour.

Afin que quelque esprit, trauaillant à ma gloire,
Mette dessus la Sçene, vne si belle Histoire,
Qui pleine de merueille, & de sincerité,
Ira de siecle en siecle, à la Posterité.

F I N.

OVIS PAR LA GRACE DE DIEV ROY DE FRANCE ET DE NAVARRE, à nos amez & feaux Conseillers les Gens tenans nos Cours de Parlement Maistres des Requestes ordinaires de Nostre Hostel, Baillifs, Seneschaux, Preuosts, leurs Lieutenans, & à tous autres nos Iusticiers & Officiers qu'il apartiendra, Salut. Nostre bien amé Augustin Courbé Libraire à Paris, nous à fait remonstrer qu'il a recouuré vn manuscrit d'vn liure intitulé *L'amant Liberal Tragi-Comedie*, *Composé par Monsieur de Scudery*, lequel liure il desireroit imprimer s'il auoit sur ce nos lettres necessaires, lesquelles il nous a tres-humblement supplié de luy accorder, A CES CAVSES, nous auons permis & permettons a l'exposant d'imprimer ou faire imprimer vendre & debiter en tous les lieux de nostre obeissance, en vn ou plusieurs volumes ledit liure, en en telle marge & caracteres & autant de fois qu'il voudra durant l'espace de *sept ans*, entiers & accōplis à conter du iour que ledit liure sera acheué d'imprimer pour la premiere fois, & faisont tres-expresses deffenses à toutes personnes de quelque qualité & condition qu'elles soient de l'imprimer faire imprimer vendre ny distribuer en aucun lieu de ce Royaume durant ledit temps & espace, souz pretexte d'augmentation, correction, changement de tiltre ou autrement, en quelque sorte & maniere que ce soit, à peine de quinze cens liures d'amande payable sans deport par chacun des contreuenans, & applicables vn tiers à nous, vn tiers à l'Hostel Dieu de Paris, & l'autre tiers à l'exposant, confiscation des exemplaires contrefaits & de tous despens dommages & interests a *condition qu'il en sera mis deux exemplaires en nostre Biblioteque publique, & vn en celle de nostre tres-cher & feal le sieur Seguier Cheualier Chancelier de France, auant que de les exposer en vente, à peine de nullité des presentes*, du contenu desquelles nous vous mandons que vous fassiez ioüir plainement & paisiblement l'exposant, & ceux qui auront droit de luy sans qu'il leur soit fait aucun trouble ou empeschement, Voulons qu'en mettant au commencement ou à la fin de chaque volume vn bref extraict des presentes, elles soient tenuës pour signifiées & que foy y soit adioustée, & aux copies d'icelles collationnées par l'vn de nos amez & feaux Conseillers & Secretaires, comme à l'original, Mandons aussi au premier nostre Huissier ou Sergent sur ce requis de faire pour l'executiō des presentes tous exploits necessaires sans demander autre permission. CAR TEL EST NOSTRE PLAISIR, Nonobstant oppositions ou appellations quelconques, & sans preiudice dicelle, Clameur de Haro, Chartre Normande & autres lettres à ce contraires. Donné à Paris le 23. iour de Feurier, l'an de grace mil six cens trente huict & de nostre regne le vingt huictiesme.

Par le Roy en son Conseil,

CONRART.

Les exemplaires ont esté fournies, ainsi qu'il est porté par les lettres de Priuilege.

Acheué d'Imprimer pour la premiere fois le 30. Auril, 1638.

www.ingramcontent.com/pod-product-compliance
Lightning Source LLC
LaVergne TN
LVHW012012220826
846092LV00001B/321

9782329777160